해학 海鶴 이기의 李沂 한시

海鶴

李沂

해학 이기의

한시

李沂 저
정양·구사회 역주

보고사
BOGOSA

서문

이 책은 해학(海鶴) 이기(李沂, 1848~1909)의 한시를 번역한 것이다. 해학 선생은 조선 말기에 태어나서 식민지로 이어지는 시기에 일제 침략에 맞서 싸우며 투쟁하던 우국지사이자 근대사상가였다.

우리는 19세기 이래 근대로 이어지는 시기에 외세 침략을 당하며 나라를 빼앗기고 일제 지배를 받은 뼈아픈 역사를 갖고 있다. 그리고 현재 우리는 분단 시대를 살아가고 있다. 필자가 보기에 우리는 지금도 강대국의 틈새에 놓여 알게 모르게 간섭을 받고 있다.

우리는 우리 역사를 잊어서는 안 된다. 이를 통해 잘못된 현실을 바로잡고 바른 미래로 나가야 할 것이다. 그 하나가 우리 선인들이 살아간 발자취를 따라가며 현실을 바라볼 필요가 있다. 우리 역사에는 나라가 위기에 처하자 목숨을 바쳤던 인물들도 많다. 그중 한 분이 해학 선생이다. 해학이 걸어갔던 자주독립의 열망과 애국적 삶은 지금도 살아서 숨 쉬고 있다.

선생은 전북 김제(당시, 만경)에서 태어나 어려서 전통 학문을 익히고 젊어서 실학을 공부하였다. 그리고 근대 학문을 받아들이며 끊임없는 자기 혁신을 통해 개혁가로 거듭났다. 해학은 문장을 통해 시대에 맞지 않은 제도를 타파하고 개혁을 역설하였다.

해학은 집을 떠나 구국과 계몽의 길로 나섰고 오랜 유력 생활을 하다가 마지막도 객지에서 쓸쓸히 죽었다. 해학은 살아서 시문을 남겼는데 대부분 없어졌다. 해학은 한시도 창작하였다. 해학 한시는 『해학유서』에 201수가 전해지고 있었다. 그러다가 필자는 근래에

『해학유서』의 저본이었던『해학유고』가 있다는 것을 알게 되었다.

수소문하여 생생출판 전재우 실장을 통해 영인본을 전해 받았다. 일일이 대조해본 결과『해학유고』에 100수가 더 수록된 것을 확인하였다. 이를 문헌학적으로 검토하여 학술지에 발표하고 번역을 시작하였다.『해학유고』는 필사본으로 탈각된 글자가 많아서 확인할 수 없는 것도 많았다. 여러 방법을 통해 검토를 거듭하였다.

나는 원문 입력과 초역을 하여 다시 정양(鄭洋) 시인에게 의뢰하였다. 정양은 뛰어난 시인이고, 나의 고교 시절 은사님이기도 하다. 그동안 나는 정양 선생과 몇 차례 한시 번역을 함께 수행하여 출간한 적도 있었다. 정양 선생은 나의 답답한 한시 번역을 살아 숨 쉬는 시로 바꿔놓는 신통력을 갖고 계셨다. 그리고 선생은 한시 원문과 시적 맥락을 정확히 포착하셨다.

이 책은 전문연구자보다 일반 독자에게 초점을 맞췄다. 이를 위해 한시 제목도 새로 붙이고 직역 제목을 붙였다. 번역시는 이물감이 없이 읽도록 각주 처리를 하지 않았고, 내용 이해를 위해 어느 정도 의역이 들어갔다. 다소 원문을 벗어나더라도 양해를 구한다.

2023. 8.
구사회 씀

차례

서문 … 5

망해사

九日上望海寺(十八歲乙丑作)
9일 망해사에 올라(18세, 1865년 지음)

01 국화 꺾어 들고

국화 꺾어 들고 산수유는 따서
행랑에 넣으며 산에 오른다.
중양절에 괜히 마음 바쁘다.

어촌은 가깝지만 곤지鵾池 밖이고
상선들은 멀리 위도蝟島 사이를 지나간다.

취한 나그네는 모자가
바람에 날아가도 아랑곳하지 않고
스님은 공양을 마치고 돌아온다.

자주 술을 보내오는 친구가 있어
저물도록 사립문을 닫지 않는다.

菊佩茱囊徧上山, 重陽[1]時節未曾閒, 漁村近住鵾池外, 市舶遙通蝟島間,
醉客豈嫌吹帽去, 貧僧猶解乞齋還, 故人有酒頻相送, 盡日巖扉亦不關.

02 달빛에 얼비치는 갈대꽃

두릉성杜陵城 가득한 가을
달빛에 언덕 너머 갈대꽃이 얼비친다.

늦게 먹는 여관의 해물들이 맛이 있다.
장삿배들은 서둘러 떠나려고 밀물을 기다린다.

니파도尼坡渡 입구는 한산寒山이 가깝고
길곶진吉串津 머리는 고목古木이 즐비하다.

부끄럽구나, 중양절 술자리에
푸른 도포 푸른 머리의 한낱 유생儒生이여.

江湖秋滿杜陵城,² 夾岸蘆花見月明, 客舘晚炊甘海味, 商船早發候潮聲,
尼坡渡³口寒山近, 吉串津⁴頭古木平, 自愧重陽樽酒會, 靑袍綠髮一儒生.

• • • • •
1   중양(重陽) : 음력 9월 9일.
2   두릉성(杜陵城) : 전북 김제시 만경읍에 있음.
3   니파도(尼坡渡) : 김제시 만경읍에 있던 나루터.
4   길곶진(吉串津) : 김제시 만경읍에 있는 옛 지명.

시골집

李南涯郊居
이남애의 시골집

늘어진 버들과 잔디가
집 주변에 곱다.
배 닿는 항구港口에
대문이 자리 잡았다.

언덕이 둘러 있는 거친 밭은
더 쌓아 올렸고
다리 아래 작은 시장에서는 생선을 판다.

길들이기 쉬운 들 사슴은
나그네 뒤를 따르건만
친해지기 어려운 갈매기는
번번이 사람을 피한다.

봄이 오면 알다시피
시詩 쓰기가 괴로워
등불 밝힌 채 취해서 잠 못 이룬다.

倒柳晴莎覆四邊, 門臨長港可容船, 荒田繞堰初添築, 小市通橋始販鮮,
野鹿易馴隨客後, 沙鷗難熟避人前, 春來已識爲詩苦, 一炷明燈失醉眠.

바닷가 마을

六月山亭即事
6월 산의 정자에서 즉흥으로 짓다.

01 제비는 짝을 지어

장맛비 끝에 화창해진 날
술 사 들고 느긋하게 돌아와
어부의 노래를 듣는다.

산중 높은 나무에는
서늘한 바람이 불지만
바닷가 마을들은
아직 안개가 짙다.

벌집은 단단하게 꿀이 들어차고
제비는 짝을 지어 물결을 스친다.

동릉東陵의 참외가 잘 익었지만
선옹仙翁 돌아간 뒤에는
그 참외 어찌할거나.

海雨西晴日稍和, 懶來沽酒聽漁歌, 山中高樹凉風早, 海上諸村瘴霧多,
蜂窠一帖工調蜜, 鷰尾雙行巧點波, 說道東陵[1]苽已熟, 仙翁歸後更如何.

02 낚시나 하다 돌아오리니

옛 묵적이 누각을 둘러 있어

18

오봉어吳蓬漁 친구들과
함께 노닐던 일들 생각난다.

민가는 푸른 산의 성곽을
서로 바라보고
들길은 푸른 물 흐르는
삼각주를 돌아간다.

짙푸른 쌍계雙溪에
안개 걷힌다.
매미 소리가 마을에 가득하다.

배를 타고 남포南浦에서
낚시나 하다 돌아오리니
갈매기여, 공연히 나를 걱정하지 말라.

舊墨潺漫遍一樓, 蓬漁諸客憶同遊, 人家對暎靑山郭, 野路回通綠水洲,
雙溪草色平烟歇, 一樹蟬聲古洞幽, 孤舟南浦歸將釣, 海鳥如今莫更愁.

‥‥‥
1   동릉(東陵) : 진(秦)나라 동릉후(東陵侯) 소평(召平)은 나라가 망하자 포의(布衣)로
    장안성 동쪽에서 가난하게 살면서 외를 가꾸었다고 한다. 그 맛이 달아 세칭 '동릉
    과(東陵果)'라 하였다고 함.

걱정에 겨워

別吳岐亭
오기정을 이별하며

구름과 안개가 강성江城을 두르고
나그네는 걱정에 겨워
지는 해만 바라본다.

주도酒道가 아직 세상에
남아 있거늘
선비라는 명예에만 치우치면
인생을 그르치리라.

들녘 깊은 대숲에는
새들이 넉넉히 깃들지만
연꽃은 빽빽하여
물고기들 길을 막지 않더냐.

먼 훗날 서로를 생각하는 꿈에,
소나무 스치는 바람결에도
그리움을 참지 못하리라.

凉雲霏翠繞江城, 客惱涓涓倚日橫, 酒德尙堪遺世事, 儒名多是誤人生,
埜竹棲深宜鳥性, 池荷交密覆魚行, 應知後夜相思夢, 黯澹松聲不耐情.

서로 아쉬워

▌贈金石痴
▌김석치에게 주다.

젊었을 때 집이 가난해도
멀리까지 가서 공부하고
동방에 돌아왔지만 오히려
깨끗한 선비를 보지 못했다.

샘물 맛은 달고 벽돌도 온전한데
평평한 개울은 물이 떨어지며
저절로 모래톱을 이루었다.

바닷가 민가는 늘
비로 고역을 치르지만
산중에서는 다듬이 소리에
비로소 가을을 느낀다.

이곳에 오랫동안 머물고 싶다.
늦게 만난 것이 서로 아쉽다.

早歲家貧學遠游, 東歸猶未見淸流, 小井泉甘全甃石, 平溪水落自成洲,
海上人家常苦雨, 山中砧杵始知秋, 相逢却恨今猶晚, 此地那能得久留.

안개 낀 남포南浦에서

次吳雪峰
오설봉의 시에 차운하여

시골 마을 울타리는
강성江城을 등지고 있어
자욱한 안개가 피어오르며
늦도록 개지 않는다.

난초가 스스로 알아서
가을을 누리는데 대숲의
댓잎 스적이는 게 빗소리 같다.

의기가 복받쳐 번번이
세상일로 상처받고
성글고 못나서
친구의 정을 자주 저버렸거니

안개 낀 물결의 남포南浦에서
지금부터 고깃배에 인생을 맡기련다.

村家籬落背江城, 積靄濛濛晚不晴, 幽蘭自解占秋節, 亂竹猶宜聽雨聲,
慷慨每傷當世事, 疎慵多負故人情, 一頃烟波南浦裏, 漁舟從此付吾生.

약속 저버렸거니

梁休溪見過
양휴계가 찾아오다.

8월 드높은 가을
기러기 떼 이미 돌아가고
무서리 맞고 남은 잎들이
서로들 의지하고 있다.

오吳나라 밭에서 익은 벼로
햇밥을 지어 맛보고
초楚나라 물에 마른 연잎으로 만든
옛날 옷이 그립다.

구름은 나무 위를 지나면서
느릿느릿 끊이지 않고
저녁 새는 모랫가에서
잠이 들었는지 날지 않는다.

바닷가에서 10년을 살겠다던
그 약속을 저버렸거니
예로부터 갈림길에서
약속 지킨 이가 드물었더니라.

八月高秋鴈已歸, 微霜殘葉自相依, 吳田晴稻嘗新飯, 楚水枯荷憶舊衣[1],
行雲度樹悄難斷, 暮鳥眠沙靜不飛, 浦海十年孤負約, 由來岐路古人稀.

1 하의(荷衣) : 연잎으로 만든 옷. 은사(隱士)가 입었다고 함. 이 옷을 입는다는 것은
  은자의 생활을 따르고 실천한다는 의미.

봄밤

春日書懷
봄날의 회포를 적다.

봄비는 쉽게 그치지 않고
꾀꼬리 울음 그치자
저녁 구름 피어오른다.

빗물 머금은 복숭아는
붉은빛을 마음껏 터뜨리고
버들은 긴 연기를 두른 채
초록빛을 다시 휘감는다.

연못의 개구리 소리 시끄럽다.
반쪽 벽면엔 달팽이 침이
괴상한 글자를 만들어낸다.

이 밤에 고향 생각으로
잠 못 이루는데
허망한 조각달만 창을 밝힌다.

水郭¹春霏未易晴, 孤鶯啼歇暮雲生, 桃含宿雨紅堪綻, 柳帶長烟綠更縈,

金池蛙樂繁音起, 半壁蝸涎²怪字成, 此夜鄕愁勞不寢, 虛敎殘月滿窓明.

......

1 수곽(水郭): 물 주변에 있는 성곽이나 물에 의지해 쌓은 성.
2 와연(蝸涎): 달팽이의 침. 전서(篆書)라는 글씨를 비유함. 이는 달팽이가 이리저리
 꼬불꼬불 다니는 곳마다 그 체내에서 분비되는 점액으로 글씨의 기이함을 비유함.

저물 무렵

江亭晚眺
강가 정자에서 저물 무렵에 바라보다.

지팡이 짚고 남쪽 연못 지나는데
촉옥새 한 쌍 석양에 내려온다.

백성은 가난하여
들은 평평한 쑥대 빛이고
땅 탓인지 산에는
괴이한 풀 향기가 많다.

엷은 눈이 성을 덮어
봄에도 다시 얼고,
물가에 서 있는 높은 누대는
밤에도 언제나 서늘하다.

때를 기다린다는 낚시질 시늉도
이제는 그만두련다.
용렬한 내가
무슨 때를 기다린단 말이냐.

開來負策過南塘, 屬玉[1]雙飛落晚陽, 民貧野有平萊色, 地僻山多怪草香,
薄雪覆城春更凍, 高樓臨水夜常凉, 從此磻溪[2]歸去好, 庸才非是待文王.

• • • • •
1 촉옥(屬玉) : 물새의 일종.
2 반계(磻溪) : 주(周)나라 여상(呂尙)이 때를 만나지 못해 낚시질을 한 곳. 때를 만나
지 못해 불우한 환경에서 뜻을 펴지 못한 채 매몰되어 있는 것을 말함.

단정히 살더라도

次李二翠
이이취의 시를 차운하다.

뒤집어지는 세상
인심이 바둑판 같다.
단정히 살고 있더라도
세상일로 상처를 받는다.

산은 성곽으로 이어져
남쪽으로 오는 길이 멀고,
새는 평야를 날아가는데
홀로 가는 길이 더디기만 하다.

매화는 수명을 다하여
꽃잎이 남아 있지 않고
오래된 버들은 불길을 겪더니
아직도 잔가지가 없다.

조용히 앉아 있어도
양생술을 잘 알고 있어
밖에서 불사약을 구할 필요가 없겠다.

反覆人情似奕棋, 端居怳惚自傷時, 山連暮郭南來遠, 鳥向平蕪獨去遲,
殘梅就盡無遺萼, 古柳經燒未有枝, 靜坐便能知養性, 不須方外覓丹砂[1].

……
1 단사(丹砂) : 도가에서 술사(術士)들이 만들어 먹는다는 무병장수의 약.

쓸쓸한 저녁

次任月潭
임월담의 시를 차운하다.

강녘에선 물총새들이
연기 속으로 날아 들어간다.
높은 누대에 오르니 더욱 아득하다.

매화는 남향받이에서
먼저 피어나고
외기러기는 소리 내어 울더니
다시 하늘로 날아오른다.

펑퍼짐한 묵정밭에서
봉래산의 먼 불빛을 바라보았다.
어지러운 북소리는 맑은 날에도
두포의 배에서 들려온다.

옛날에도 지금처럼
쓸쓸한 저녁이 많았거니
병든 몸이 스스로 불쌍하다.

江郊漫翠起入烟, 徒倚高樓益渺然, 嬌梅一簇先南地, 斷鴈三聲更飛天,
平田暮見萊山火, 亂皷晴聞杜蒲¹船, 故舊如今多落暮, 祇緣因病自相憐.

······
1 두포(杜浦) : 김제에 있는 포구 이름.

강마을

書樓獨坐
서루에 홀로 앉아서

아지랑이 하늘에 어른거려
날아가는 새를 볼 수 없고
고즈넉이 앉아서 듣는
물시계 소리도 희미하다.

고목이 있는 강마을엔
사는 주민들이 적어도
바닷가 저자에 떠 있는 다리에는
상인들이 돌아온다.

새로운 이웃이
심양潯陽에 집터를 찾고,
옛날 약속대로
위수渭水에서 낚시터를 찾는다.

도를 닦은 지 10년 동안
끝내 얻지 못하여
문득 자신을 돌아보니
유생의 옷차림이 부끄럽다.

迴靄漫空暝鳥飛, 書樓悄坐漏聲稀, 江村古木居民少, 海市浮橋賈客歸,
新隣幸卜潯陽宅, 舊約便尋渭水[1]磯, 問道十年終未得, 幡然自顧愧儒衣.

1   주나라 려상(呂尙)이 위수의 냇가에서 낚시를 드리우고 있다가 주무왕(周武王)의
    부름을 받았음.

백 년 난리통에

次金夢岡
김몽강의 시를 차운하여

시를 지었다가 던져버리고
서로 손 잡고 다시
개울 남쪽 정자를 지난다.

추위를 견뎌낸 참대나무는
늦게야 푸르고
산은 아직도 눈에 덮여
푸르지 않다.

가을 바다는
하늘 닮아 맑게 빛나더니
밤에는 물결 소리만 들린다.

백 년 세월 난리통에
사람들 모두 어질어질한데
초객楚客 굴원은 어찌
혼자 깨어 있으려 애썼던가.

謾作詩篇遣覆瓶[1], 相携復過水南亭, 苦竹耐寒宜晚翠, 孤山經雪未全靑,
高秋海色晴因見, 半夜潮聲靜更聽, 百年烟火人皆醉, 楚客[2]何須勉獨醒.

1 복병(覆甁) : 책을 장독 덮개로 쓰다. 쓸모 없거나 가치가 없다는 뜻.
2 초객(楚客) : 〈어부사(漁父辭)〉의 작자인 초(楚)나라 충신인 굴원(屈原)을 말함. 〈어
   부사〉에서 화자는 "세상 사람이 취해 있지만 나 혼자 깨어 있다.(人皆醉我獨醒)"라
   는 구절에서 나옴.

날씨는 차갑고

梁休溪見過
양휴계가 찾아오다.

날씨 차갑고 묵은 나무들 즐비하다.
사람들은 늦게야
두릉杜陵 서쪽에서 찾아왔다.

먼 기러기 떼
서리를 등진 채 다시 찾아오고
시끄러운 까마귀 떼는
나무에 깃들어 밤에도 울어댄다.

저문 숲 오솔길은
갈수록 굽은 곳이 많고
들이 멀어서 산들은
바라보면 이미 낮아 보인다.

아득하고 막막한 외로운 마음
감히 말로 표현할 수 없어
날 밝으면 노를 저어 왕휘지처럼
염계剡溪나 찾아갈까 싶다.

郊郭天寒古木齊, 遊人晚自杜陵[1]西, 遠鴈背霜秋更至, 亂鴉棲樹夜猶啼,
林昏小徑行多曲, 野迥諸山望已低, 孤懷夐閴[2]無堪語, 解棹明將訪剡溪[3].

•••••

1   두릉(杜陵) : 여기에서는 전북 김제에 있는 지명.

2   형격(逈隔) : 아득하고 막막함.

3   염계(剡溪) : 중국 동진(東晉) 시대에 왕휘지(王徽之, ?~388)가 술을 마시다가 흥이
    나서 조아강(曹娥江) 상류에 살고 있던 염계에 살고 있던 대규(戴逵)를 찾아 집 앞까
    지 갔다가 흥이 다하자 만나지 않고 그냥 돌아왔다는 고사에서 유래함. 왕휘지는
    왕희지(王羲之, 307~365)의 아들.

갈림길이 많아

游閨洞
규동에서 노닐다.

밤비로 추워진 기운이
나그네 옷깃에 파고든다.
머뭇거리는 절친은
돌아간단 말을 차마 못한다.

산에는 당연한 듯
빽빽한 수풀 속에 절이 있고
물은 닿아도 나루터가 없는
뭇 섬들이 희미하다.

바다에선 조개와 소라를 줍고
집에선 거위와 오리를 길들여서
사람 가까이서 날아오른다.

내 인생 가장 한스러운 것은
갈림길이 많아 매번 양주楊朱처럼
교묘하게 어긋나는 일이다.

夜雨吹寒襲客衣,　留連鷄黍[1]未言歸,　山當有寺林巒簇,　水到無津嶋嶼稀,
海富蚌螺隨地産,　家馴鵝鴨近人飛,　吾生眖恨多岐路,　每使楊朱[2]見巧違.

1 계서(鷄黍) : 진정으로 자신을 알아주어 죽음도 함께할 수 있는 참다운 벗을 말함. 후한(後漢) 범식(范式)이 장소(張劭)와 헤어질 때, 2년 뒤 9월 15일에 시골집에 찾아 가겠다고 약속을 하였으므로, 그날 장소가 닭을 잡고 기장밥을 지어 놓고는[殺雞作黍] 기다리자 과연 범식이 찾아왔으며, 또 장소가 임종(臨終)할 무렵에, "죽음까지도 함께할 수 있는 벗을 보지 못하는 것이 한스럽다.[恨不見死友]"고 탄식하면서 숨을 거두었는데, 영구(靈柩)가 꼼짝하지 않다가 범식이 찾아와서 위로하자 비로소 움직였다는 고사가 있음. 《後漢書 卷81 獨行列傳 范式》

2 양주(楊朱) : 전국 시대 초기 위(魏)나라 사람. 양주(楊朱)가 아홉 갈래로 갈라진 교차로에 이르러서 방향을 잃고 남쪽으로 갈 수도, 북쪽으로 갈 수도 있는 것을 슬퍼하여 통곡하였다는 고사가 있음. 이 시에서는 시인 자신의 인생 방향을 말한 것으로 보임.

막걸리는 시름을 달래고

遊仁香里村齋
인향리 시골집에서 노닐며

막걸리는 병든 나그네 시름을
너그럽게 해주고
꿈속에서 창주滄洲로 보내주기도 한다.

수풀 사이 물 긷는 우물가엔
다른 길이 없고
산이 있는 대숲 속엔 따로 누대가 있다.

습지는 날씨가 따뜻하여
언제나 눈이 적고
강마을은 땅이 걸어 수확이 많다.

짐작컨대 지난 밤에
호수에 비가 많이 내려서
돌아오던 배 몇 척쯤
불은 물에 떠내려갔을 듯싶다.

濁酒能寬病客愁, 閑來夢寐寄滄洲,¹ 林間汲井無他路, 竹裏有山有別樓,
澤國²天溫常少雪, 江村地沃每多秋, 懸知昨夜陂湖雨, 長得歸舟數尺流.

*****
1 창주(滄洲) : 경치가 좋은 은자가 사는 거처를 말함.
2 택국(澤國) : 늪이 많은 지방이라는 뜻. 습지(濕地).

서산에 눈이 내려

次吳蓬漁
오봉어의 시에 차운하여

누대에 기대어
들판의 피리 소리를 듣는다.
거친 언덕 그윽한 산기슭이
차가운 물길에 감겨 있다.

오주吳州의 달밤에
상사몽相思夢은 막히고,
초나라 연못의 봄날
미몽에서 깨어 근심에 잠긴다.

서산에는 눈이 내려
처음으로 문을 닫고,
남포南浦에는 아침에
얼음이 얼어도
고을로 가는 뱃길이 열린다.

그대는 분명코 하늘 날으는
날개가 있기에
낙주洛州로 날아갈 수 있으리라.

楚笛留人强倚樓, 荒陂幽麓帶寒流, 吳州[1]夜阻相思夢[2], 楚澤春迷獨醒愁[3],
暮雪西山初掩戶, 朝氷南浦始通州, 夫君定有雲霄翼[4], 會見飛騰到洛州.

•••••
1 오주(吳州) : 오늘날 중국 강남의 소주(蘇州).
2 상사몽(相思夢) : 멀리 있는 벗을 생각하는 것. 이백(李白)의 〈송장사인지강동(送張
   舍人之江東)〉시에서 강동(江東)으로 가는 벗에게 "오주에서 달을 보거든, 천 리 밖
   에서 나를 생각해 주오.(吳州如見月 千里幸相思)"라는 구절이 있음.(『古文眞寶前
   集』卷1)
3 굴원의 〈어부사〉에 나오는 고사. 31쪽 〈次金夢岡〉의 각주 참조.
4 『장자』·「내편」의 〈소유유(逍遙遊)〉에 나오는 고사. 큰 붕새가 날개를 펴고 남명(南
   溟, 남극 바다)으로 날아감. 여기에서는 웅대한 일의 계획을 말함.

마음은 차가워도

次趙玉垂[1]寄意
조옥수 시에 차운하여 뜻을 부치다.

노둔한 말은 수레를 두려워해도,
우둔한 사내는 끝끝내 가정이 그립다.
황하는 본디 맑지 않은데
하루라도 맑기를 바랐던 나 자신이 우습다.

생각해보니 계수나무는,
해마다 산에서 나온다.
그런데 어찌하여 산으로 가지 않고
오히려 인간 세상으로 내려왔을까.

저절로 웃음이 나오는 것은
백발 늙은이가
마음은 차가워도 발은
차갑지 않다는 것이다.

촉蜀나라 험한 길을
평평한 길가듯 해서
모공茅公의 신선 세계를
밟아보기라도 하겠다는 건가.

어여쁜 수선화를 장생불사의
운모실雲母室에 들여놓았다더니
수선화 빛깔은 나날이 새로워진다.

세상에는 한 길만 있는게 아니라고
넌지시 알려주는 것 같다.

연화세계蓮花世界에서는
꽃이 활짝 피고
계수나무 산에서는 한 그루가
무성하게 자라고 끝없이 뻗어나가
이곳에서 생겨났다 죽었다 한단다.

駑馬畏輪轅,　愚夫戀家室,　黃河本不淸,　笑我候千一,
可念一叢桂,　年年生在山,　如何不歸去,　猶自走人間,
自笑翁白髮,　心寒足不寒,　夷行蜀路險,　躪歷茅公壇[2],
日艷水仙花,　入此雲母室[3],　色光日日新,　世路亮非一,
滿發蓮花世,　叢生桂樹山[4],　芸芸[5]復職職[6],　生死此中間.

•••••
1　옥수(玉垂) : 조면호(趙冕鎬, 1803~1887)의 호. 조선 후기 순창 군수를 지낸 문관이
　　자 서예가.
2　모공(茅公) : 중국 진한(秦漢) 시기에 모몽(茅濛)과 그의 증손(茅盈) 등이 득도하여
　　신선이 되었다고 하는 고사에서 나옴. 신선이나 도사를 비유하는 말.
3　운모(雲母) : 광물의 일종. 도가(道家)에서는 운모를 복용하여 장생불사하여 신선이
　　된다고 함.
4　도가에서 월궁 계수나무는 베어도 넘어지지 않고 영원히 남아 있는 강인한 생명력
　　을 가진 영생불멸의 나무라고 함.
5　운운(芸芸) : 꽃과 잎이 무성한 모습.(『老子』 16장)
6　직직(職職) : 끝없이 뻗어나가는 모습.(『莊子』·「至樂」편)

백설은 오래되어야

▌望海寺拈歸字
▌망해사에서 '귀(歸)'자로 차운하다.

손님을 맞이하며
납의를 갖춘 스님은
어느 집에서
공양미를 얻어 돌아가는가?

강마을 어시장은
집 앞 가까이 있고
들녘 절은 번갈아 종을 치다가
재식 후에 사라진다.

백설은 오래되어야
고상한 절개를 알게 되지만
청운의 뜻은 결국
어긋난다는 걸 알게 되리라.

도연명은 벼슬을 꺼려해서
마침내 고향으로 가
홀로 사립문을 닫았단다.

拜客林僧具衲衣[1], 誰家齋米[2]乞終歸, 江村漁市家前近, 野寺更鍾飯後稀,
白雪久知高調節, 靑雲終覺壯心違, 陶令未肯安祭社, 會去潯湯(陽)獨掩扉.

1   납의(衲衣) : 승려들이 입는 회색의 옷옷. '납(衲)'은 누덕누덕 기웠다는 뜻이다.
2   재미(齋米) : 절에서 부처님께 공양하는 재(齋)에 사용하는 쌀.

시골집

李南涯郊居
이남애의 시골집

산은 가깝고 들은 저만큼 멀어
일부러 보낸 듯한 구름과 연기는
쉽게 사라지지 않는다.

역점譯店에 행인이 적은 건
괴이한 불빛에 놀라서이고
호수가의 밭은 거친 물결에
군데군데 무너져내렸다.

솔숲 절간을 읊은 시는
만났던 스님에게 부치고,
뽕밭 마을에 술이 익어
손님을 초대한다.

꿈에 취해
새벽비 지나가는 줄 몰랐는데
잠 깨어 보니 물이 불어
평교平橋 위로 흐른다.

山望太近野望遙, 故遣雲烟未易消, 驛店少行驚怪火, 湖田多浸畏狂潮,
詩題松寺逢僧寄, 酒熟桑村見客招, 醉夢不知經曉雨, 起看新漲入平橋.

한 잔 술로 헤어지면서

井村書齋贈禹聽棋
정촌서재에서 우청기에게 주다.

사현휘謝玄暉를 다시 만났다.
이 세상에 드문.
그대 시문의 맑고 화려함이여

역점驛店에 등불 꺼지자
개가 짖어댄다.
나루터 다리 어두운 눈발 위로
늦게 기러기 날아간다.

향민鄕民의 집마다
다전세茶錢稅를 거두지만
나그네의 밥상에는
기름진 콩반찬을 올렸구나.

내일 아침 한 잔 술로 헤어지면서
봄물 흐르는 기제岐堤에서
그대를 보내련다.

交遊重見謝玄暉, 雅藻淸華世盖稀, 驛店燈昏孤犬吠, 津橋雪暗晚鴻飛,
鄕民戶斂茶錢稅, 野客盤供荳莢肥, 更憶明朝樽酒別, 岐堤春水送人歸.

강에 뜬 달 희미해도

次朴野隱
박야은의 시에 차운하다.

한가하게 사는 나를
밤마다 찾아주더니,
강에 뜬 달 희미해도
오가던 돌길에 깊숙한 자취를 남겼다.

버들가지는
땅에 닿을 듯 늘어지고
등나무 넝쿨은 곧바로
연못으로 들어갈 듯하다.

성품이 고졸하여
술과 도박을 일찌감치 그만두고
재주는 성글어
구름 속 산림에 누워있는 것 같다.

그대 공부가 참으로 맑아
침상에서 정밀한 주묵으로
주역점을 치며 읊고 있다.

閒居猶得夜相尋, 江月微明石逕深, 委柳條長平地面, 垂藤蔓直入潭心,
性拙早辭遊酒博, 才疎端合臥雲林, 觀君爲學眞淸苦, 枕上精朱點易吟.

46

다시 돌아가려다

楮城[1]次朴寬齋
저성에서 박관재의 시에 차운하다.

높은 절벽 위 소나무는
아스라이 바위에 붙어 있고
아래로는 평지 마을이
반쯤 열려 내려다 보인다.

나그네는 생선 곁들인 식사를 하며
이곳에 오래 머물러 있었다.
집에서 온 편지에
나를 부른다는 소식이 없어
다시 돌아가려다 머뭇거린다.

들녘 논밭은 기름져서
붉은 차나무가 잘 자라고
들길은 오가는 사람 드물어
푸른 이끼가 무성하다.

홀로 깨어 성취할 길이 없으니
그대는 하루 내내
또다시 술잔을 기울인다.

高松絕壁倚崔嵬[2], 下瞰平村一半開, 客食有魚因久住, 家書無鶴更遲回,
原田地沃滋紅茗, 野徑人稀長碧苔, 想是獨醒難可效, 徒君盡日且傾杯.

1 저성(楮城) : 김제군 공덕면에 있는 곳. 일제강점기에 공덕면의 구릉지가 만경강과 만나는 끝부분의 낮은 구릉지에 자리 잡고 있음.

2 최외(崔嵬) : 석산 위에 흙이 있는 것을 말함.

집에 돌아가

| 客中
| 객지에서

산인山人은 초가집을
스스로 사랑하는데
게다가 맑고 다사로운 초여름은
얼마나 마음 가볍겠는가.

완적阮籍은 미치광이처럼
끝까지 술을 좋아했고
왕수王修는 가난했지만
오로지 책을 사 모았다.

갈대잎이 피어나
강가의 길은 어두워지고
매화꽃 지자
초가집 울타리가 성글다.

전원에서 집에 돌아가
농사지을 일 늦게야 깨닫고
이웃집 노인네에게
수차水車를 빌려달라 부탁한다.

山人自愛有茅廬, 又是淸溫夏令初, 阮籍[1]猖狂終嗜酒, 王修[2]枯槁但儲書,

萩葉已開江路暗, 梅花纔落野籬疎, 田園晚覺歸耕計, 寄語隣翁借水車.

1 완적(阮籍) : 중국 삼국시대에 죽림칠현(竹林七賢)의 한 사람. 노장사상에 심취하였고 술과 악기를 좋아하였다고 함.

2 왕수(王修) : 중국 삼국시대에 위나라 영릉사람. 여러 관직을 역임하였으나 강직하고 청렴결백하였다고 함.

내 고향도

次吳岐亭
오기정의 시에 차운하여

산은 푸른 빛이 흐르는 듯,
내 고향도 물안개 어른거리는
해변 고을이다.

집이 가난해도 늘
양웅揚雄의 글을 읊었고
세상 어지러운 걸
언제나 두보杜甫처럼 걱정했다.

산뽕나무 푸른 잎은
저무는 마을에 감춰 두고
부들 새싹이 하얗게
모래톱에서 돋아난다.

오래된 벽엔 이끼 오르고
이름들만 부질없이 새겨 있어
10년 전 노닐던 일들이 생각난다.

極浦遙山翠若流, 吾鄕俱是瘴瀼州, 家貧每有楊雄[1]賦, 世亂常多杜甫憂,
柘葉貼靑藏晚巷, 蒲芽交白出晴洲, 荒苔古壁名空在, 十載猶能記舊遊.

......
1   양웅(楊雄) : 중국 전한(前漢) 시대의 학자이자 문인. 사부(詞賦)를 잘 지었음.

그곳이 바로

旅游
나그네 생활

따뜻한 봄바람 사창紗窓에 불고
나그네는 좋았던 시절이 더 그립다.

수척한 늙은이는
누대 위에 달이 뜰 때마다
마을에 피던 꽃들이 더 보고 싶다.

강마을 물 넘치는 게
당연하다는 듯
버들가지가 바람에
가볍게 하늘거리는 곳

백리 밖 두릉에 있는
산 아래 땅
굽은 길에 성근 울타리 있는 그곳이
바로 우리 집이다.

輕暄吹綠上窓紗, 客裏祇增戀歲華, 庚叟最憐樓上月, 潘生猶憶縣中花,

江籬覆水元宜線, 埜柳經風便易斜, 百里杜陵山下地, 疎籬曲逕是吾家.

해는 이미 저물고

┃ 送吳蓬漁行至茅山
┃ 모산으로 가는 오봉어를 보내며

안개 흩날리는
들풀이 무성하다.
즐겁게 가다보니
어느듯 앞개울을 지났구나.

배를 타고 간 장사꾼은
서울 북쪽에 집이 있고
시장 주인은 빈 누대에서
항구 서쪽으로 베개를 괸다.

새해에 잡은 물고기와 새우는
값을 깎을 수 없고
틈을 엿보는 매는
울가를 그치지 않는다.

예전에 만났던 도사가
단약 만드는 비결秘訣을 남겼거늘
슬픔에 겨워 모산茅山을 바라보니
해는 이미 저무는구나.

野靄霏霏野草萋, 和行不覺過前溪, 商人舟楫家京北, 市主¹樓空枕港西,
歲穫魚鰕無節價, 機開鶻鳥不禁啼, 曾逢道士留丹訣², 悵望茅山日已低.

•••••

1 시주(市主) : 의미상으로 유추함.

2 단결(丹訣) : 도교(道敎)에서 불로장생(不老長生)의 방법인 단(丹)을 만드는 비결.
   또는 그 비결을 적어놓은 책.

이곳이 도화원桃花源이거늘

> 朴氏山齋
> 박씨의 산 재실에서

반나절은 비가 그치고
반나절은 흐리다.
6월 강촌의 무궁화 울타리가 그윽하다.

구름이 성황당을 가리고
북쪽 포구의 다리 주변에는
빗방울도 떨어진다.

저자에 은거한 엄준嚴遵은
도술이 있었거늘
누대에 오른 왕찬王粲은
어찌 생각이 없었으랴.

깨끗하고 차가운 이곳이
바로 도화원桃花源이거늘
단지 훗날 쉽게 찾지 못할까
그것이 두려울 뿐이다.

半日旋晴半日陰, 江籬六月槿花深, 西城隍裏雲遮寺, 北浦橋邊雨照林,
隱市嚴遵[1]能有道, 登樓王粲[2]豈無心, 淸冷便是桃源地, 只恐他年不易尋.

.....

1   엄준(嚴遵) : 중국 한(漢)나라 때의 은사로 노장 사상에 심취하여 벼슬을 살지 않고
    은거했다. 성도(成都)에서 점을 쳐서 생계를 유지했다. 매일 단지 몇 사람의 점을
    봐주고 일상생활에 필요한 것을 구입하면, 더는 다른 사람의 점을 봐주지 않았다
    고 함.
2   왕찬(王粲) : 중국 삼국시대에 위나라의 시인. 건안칠자(建安七子)의 한 사람. 작품
    에 〈칠애시(七哀詩)〉, 〈종군시(從軍詩)〉 등이 있음.

일 없는 야인野人이라서

間居
한거

일 없는 야인野人이라서
언제나 늦게 일어나는데
아침 해가 대나무와
버드나무 가지에 희미하다.

문밖에는 진즉에
꾀꼬리 울음소리 그쳤거늘
낮잠 자면서 듣던 그 소리
잠 깬 뒤에야 알게 되었다.

野人無事起常遲, 曉日依微籬柳枝, 戶外早鶯啼已歇, 睡來聞得覺來知.

누가 보거나 말거나

與三四同志約游邊山
서너 동지들과 더불어 변산 유람을 약속하다.

봄 날씨 음산하고
봄물은 넘친다.
무정한 연초烟草는
비단보다 푸르다.

고기잡이배는
누가 보거나 말거나
강변에 매인 채
바람에 기울어 있다.

春日陰陰春水多, 無情烟草[1]碧於紗, 漁舟不與行人管, 係在江邊風自斜.

1   연초(煙草) : 담배나무.

변산 유람

01

저물녘에 부풍읍扶風邑에 도착해서 여관을 찾아 잠을 푹 잤다. 아침에 일어나서 바라보니 바다 위에 수많은 산이 물과 구름 사이에 나타났다가 사라지면서 의욕이 흘러넘치며 신선이라도 만나기를 바라는 마음이었다. 그것은 혹 신선을 만날 수 있기를 바랐기 때문이다. 이에 진시황秦始皇과 한무제漢武帝가 정신을 내달리고 몸을 부릴지라도 괴이하게 여길 것이 없다는 것을 알았다. 곧바로 20리를 가서 개암사開巖寺로 들어갔다.

紀遊[1]

暮到扶風邑, 覓店舍安宿, 朝起視之, 海上千峰, 出殁隱見於水雲之間, 意甚汪溢, 庶幾與神仙遇, 乃知秦皇漢武馳神役形, 無足多怪也, 即行二十里入開巖寺.

개암사開巖寺

한 마리 노새와 함께
돌길 따라 풀밭에 들어간다.

절에 도착해보니 강산은
모두 주인이 있는 것 같은데
집 떠난 나그네에겐
처자식도 부질없다.

솔숲 밖에 있는 문은

오래오래 닫혀 있다.
샘물은 십 리 밖에서
대나무 홈통으로 끌어온다.

삼한 시대의 지난 일들을
스님은 나를 위해
자상하게 설명해준다.

行裝祇與一驢同, 石逕微茫入草蓬, 到寺江山皆有主, 離家妻子亦爲空,
百年門掩松林外, 十里泉來竹梘中, 往事三韓年代遠, 居僧爲我說頻通.

02

이미 도착해서 스님에게 점심을 지어달라 하여 밥을 배부르게 먹고
옷차림도 가볍게 하였다. 모두 짚신과 대지팡이로 두건도 적삼도
하지 않았다. 절 뒤로부터 곧바로 금암金巖에 이르렀다. 바위는 깎겨
서 반듯하고 깎은 듯이 서 있어 높이가 몇 백장百丈인지 알 수 없었다.
아래로 큰 굴이 하나 있는데 집 벽처럼 생겼고 수백 사람을 수용할
만하였다. 벽에다 이름을 쓰기를 마치고 돌 위에 앉아서 술을 각자
두어 잔씩 마신 후 바위를 따라 동북쪽 귀퉁이로 가니 굴과 나무가
있었다. 바위 중간은 기암機巖이라고 하는데, 세속에서 전하기를 옛
날에 어떤 신녀神女가 비단을 짰던 곳이라고 한다.

　가시덤불을 헤치고 넝쿨을 부여잡고 돌길을 오르려고 하였으나
발을 옮길 수가 없었다. 이백증(李伯曾)은 가지 않고 희롱하며 "그대
들은 모두 장자후(章子厚)와 같은 사람들이네"라고 말하여 모두가
크게 웃으며 "그대가 어찌 적벽(赤壁)의 두 손님을 알아볼 수 있겠는
가?"라고 하였다.

既至命僧造午飯, 飽食輕裝, 皆芒鞋竹杖, 不巾不衫, 從寺後直到遇金巖, 巖盖
方廉削立, 高不知幾百丈, 下開大窟, 如屋壁狀, 可容數百人, 題名畢, 因坐石,
酌酒各飲數杯, 循巖至東北隅, 得一窟樹, 在巖腰曰機巖, 俗傳古有神女, 織錦
處, 披棘攀蘿, 石磴艱隨, 足不可移, 李伯曾不肯往, 戲之曰君輩皆與章子厚一
般人物, 衆皆大笑曰君安知非赤壁之二客耶.

금암金巖

장군將軍은

언제 여기 올랐던지.

그 일이 지금까지 전해온다.

나 이기李沂,

여기서 돌아간 후에

모두 이끼에 묻혀버릴 일이

문득 맘에 걸린다.

將軍何日此登臨, 姓字人間傳到今, 但恐李沂歸去後, 莓苔中裏政難尋.

03

개암사에 돌아와서 잤고, 다음날이 밝자 비가 내려 출발하지 못하다.

反宿於開巖寺, 翌明雨不能發.

고운 꿈 꾸느라

지난밤은 스님을 따라

절에서 잤는데
고운 꿈 꾸느라
단잠을 이루지 못했다.

살구꽃 피는 것은
일 년에 딱 한 번이고
비바람 치는 것은
언제나 삼월 삼짇날인가.

산사에 종이 울린다.
저녁 공양인가보다.

강촌에 술 익으면
봄 적삼이라도
저당 잡혀 마시고 싶다.

진달래꽃 가지 꺾어
누구에게 드릴거나.
사람 그리운 정을
달리 감당할 길이 없다.

昨夜隨僧宿上藍, 淸更夢寐不成酣, 杏花開得一年一, 風雨來常三月三,
山寺鍾鳴知夕飯, 江村酒熟典春衫, 杜鵑折得云誰贈, 此日懷人改不堪.

04

초5일에 일찍 일어나서 행장을 싸서 서쪽으로 한 고개를 넘어가자
청림靑林 · 노적露積 · 서운棲雲 등의 마을이 자못 넓고 수석水石도 매

우 특이하였다. 20리里를 더 가서 실상사實相寺에 닿았다.

初五日早起束裝, 西踰一嶺, 若靑林·露積·棲雲等洞壑, 頗寬廣, 水石亦奇
勝, 行二十里抵實相寺.

실상사實相寺
나귀를 채찍질하며
고을 성곽을 벗어난다.
서쪽으로 와서 며칠 동안
보이는 세상이 더욱 맑다.

산은 취령鷲嶺을 따라
처음으로 짙어지고
물은 용추龍湫에 이르러
비로소 소리가 난다.

술 좀 마셨다고
세상을 잊는 것이 아니듯
산애 들어간다고 내가
시인임을 그만두는 것은 아니다.

노승이 황정반黃精飯을
정성껏 갖춰주시면서,
배불리 먹고
월명루에나 올라갔다 오라신다.

自策疲驪出縣城, 西來數日境尤淸, 山從鷲嶺初多色, 水到龍湫始有聲,

忘世亦非憑酒力, 入山終不避詩名, 老僧具進黃精飯², 飽喫還要上月明.

05

점심을 마치고 곧바로 가다가 길에서 주민을 만나서 용추龍湫의 어디에 있는지 물었다. 도착하니 폭포 한 줄기가 하얀 비단처럼 떨어지는 것이 바라보였다. 굴이 있고 연못 깊이는 헤아릴 수 없는데, 지금도 용龍이 살고 있다고 한다.

午飯畢卽行, 路遇土人, 問龍湫所在, 旣至見瀑布一道, 望之如白練帶下, 有窟穴淵深不可測, 今尙有龍居云.

용추龍湫

물은 동쪽으로 흘러가는데
언제 돌아올까.
용추는 약간 비릿하고
돌기운은 차갑다.

태초에 교묘하게 배치된
산천의 이치를 어렴풋이 깨닫는다.
인간 세상에는
두 여산廬山이³ 있었구나.

水流東去幾時還, 龍氣微腥石氣寒, 始信太初排置巧, 人間自有兩廬山.

06

발걸음을 되돌아 길을 찾으니 월명루月明樓을 향하여 나왔다. 풀과 나무가 가려져 있고 돌길은 가파르게 솟아 있었다. 한 걸음을 떼고 한번 숨을 쉬었다. 가슴은 열기로 가득 찼고, 땀은 젖어 옷을 적셨다. 절이 변산의 가장 높은 곳에 있었다. 앉아서 여러 산봉우리를 보고 넓은 바다를 내려다보았다. 우리는 정신이 맑고 깨끗하여 태초 이전 에 천지天地가 처음 개벽하는 것을 보는 것만 같았다.

回步覓路, 向月明而出, 草樹掩翳, 石磴巉絶, 一步一息, 胷滿氣熱, 汗流霑衣, 寺在邊山之最高頂, 坐挹群峰, 俯臨洪溟, 使人神精脫灑[4], 如在鴻濛[5]時, 見天 地之初判剖也.

월명루月明樓

바다 위로 달이 처음 나올 때
갈고리보다 가늘지만
길을 가다가 그 맑은 빛으로
갈 곳을 찾을 수 있다.

기이한 암석들이
숲 바깥으로 보이고
맑은 샘물은 곧바로
대밭 사이로 흐른다.

구름은 한가하게 머물러
쉽게 사그라지지 않는다.
높이 날지 못하는
학鶴 또한 근심스럽다.

다만 한스러운 것은
세상 인연 아직 끊지 못하고
날이 밝으면 백발 머리로
산을 내려가야 하는 것이다.

初生海月細於鉤, 行向淸光在處求, 奇石[6]每從林外見, 淸泉直到竹間流,
閒難銷得雲常住, 高不飛來鶴亦愁, 但恨世緣猶未盡, 下山明日白人頭.

07 낙조대落照臺

누가 둥근 달의
신령한 빛을 가리는가
마음 상하여
술이 쉽게 깰 것만 같다.

달무리가 흩어지자
달이 모습을 드러낸다.
반절쯤 드러난 달빛이 외롭다.

함부로 우거진 풀에
상포湘浦가 아득하고
돌아가는 배는
동정호洞庭湖로 내려가는가.

어느 미인美人이 있어
청하기라도 한다면
몸을 돌려 말없이
병풍 뒤로 숨고 싶다.

日將暮登落照臺[7]

一輪誰使晦光靈, 從古凄凉酒易醒, 破暈漸能懸半月, 餘稜猶自發孤螢,
傷心芳草迷湘浦[8], 極目歸帆下洞庭[9], 政是美人相屬處, 轉身無語入絹屛[10].

08

초 6일에 산을 내려가 30리를 가서 채석강采石江에 이르러 백사장에
벌려 앉아 술통이 다하도록 실컷 마시고 말을 끄는 아이들에게 바둑
알을 줍게 하였다.

初六日下山, 行三十里, 至采石江列坐沙灘, 倒甁痛飮, 令馬僮輩, 收拾棋子.

채석강采石江

얼룩덜룩 아롱진 새우에는
오색구름이 어른거리지만
이 강에는 정작 옥돌은 드물다.

바다에는 물고기와 새우가 많고
산에는 꽃과 나무가 우거져 있다.

언제쯤 별장을 지어
이곳에 낚시터를 마련할까.

언덕 위에는 누구네 집인지.
대낮에도 물을 걸어 닫았다.

斑鰕五雲色, 石似[11]此江稀, 海國魚鰕足, 山鄕花木肥,

何時營別業, 是處置漁磯, 岸上誰家在, 人間晝掩扉.

09

날이 저물어 격포에 있는 주점에 가서 숙박하고, 7일에 비바람이
갑자기 불어서 잠시 머물면서 날이 개기를 기다렸다.

暮投格浦店歇宿, 七日風雨遽至, 小止待晴.

갈 길이 얼마나 되는지

강 머리에서 화각畫角은
이미 다 불었고
아침 해는 희미하게
비를 사이에 두고 바라본다.

갈 길이 얼마나 되는지
여럿이 함께 짐작하면서
다리 저는 노새를
푸른 난간으로 옮겨 매었다.

江頭畫角[12]已吹殘, 曉日微微隔雨看, 共說行程多少算, 蹇驢移係碧欄干.

10

한낮에 출발하여 30리를 가서 작당포鵲塘浦에 이르렀다. 이 포구는
물과 뭍이 닿아 만나는 곳이다. 매년 3월 8일에 바닷가 사람과 뭍사
람이 여기에서 장사하여 길에 점포가 즐비하고 선박들도 많았다.

이때 창우(倡優)와 잡기들은 제각기 그 능력을 선보이며 젓대 소리와 북소리가 밤낮으로 끊이지 않았다. 17,8세 된 아가씨들이 주점가(酒店街)에서 술잔을 들고 눈으로 유혹하여 마음이 좋아서 우리 일행은 마침 그 시간에 있었고 또한 비로 길이 막혀서 점사(店舍)에서 숙박하였다.

午間乃發行三十里, 至鵲塘浦, 浦當水陸交會, 每年三月八日, 海人與陸人商賈於此, 街鋪聯絡, 舟船簇比, 倡優[13]雜技[14]各呈其能, 笳鼓之聲晝宵不絶, 十七八女娘, 當壚把酒, 目誘而心悅, 吾行適在其時, 又爲雨滯, 因寄宿於店舍.

작당포鵲塘浦

물가 비스듬한 언덕에
낡은 울타리가 쓸쓸하다.

여기 사는 사람 절반은
고기잡이하는 사람들이다.

해마다 배들이 돌아가고
다시 오는 것을 기다린다.

한식날 팥배나무가
꽃이 활짝 피어 있다.

籬落蕭條水岸斜, 居人强半是漁家, 年年舟舶歸來候, 寒食棠梨開遍花.

북과 꽹과리를 치며
흥겨운 풍악놀이로

칠산七山에서 돌아오는
첫 고깃배를 맞이한다.

태어나 처음으로
호승胡僧의 춤을 배웠는데
몸에 두른 가사 장삼이
발에 밟혀 찢기었다.

牛鼓銅鉦作樂時, 打魚初自七山歸, 生來學得胡僧舞, 踏裂身邊大衲衣[15].

사당 앞에 있는 점포에
솥을 걸었는데
타고 남은 가죽나무는
연기도 나지 않는다.

밤이 깊어
주사위 던지는 이가 없다.
화롯가로 가서
잠시 잠을 청한다.

張舖埋鍋水廟前, 燒殘樗木不生烟, 夜深骰子[16]無人拈, 便就爐頭少頃眠.

아가씨는 날마다
옷을 바꿔입으며
온갖 정성을 다한다.

미인들 있는 곳
어떻게 알았는지

문밖 대숲에는
손님이 구름처럼 모여있다.

女娘隨日換衣裙, 做個心情到十分, 要識最佳人在處, 覆筐門外客如雲.

살구꽃 필 무렵인
청명淸明이 지나간다.
북소리 둥둥 울리며
비 개인 걸 알려준다.

배를 탄 손님들은
모두들 경강京江에 가는
일 년에 한 번씩
만나는 사람들이다.

杏花天氣過淸明, 漁鼓鼕鼕報雨晴, 俱是京江船上客, 一年只得一逢迎.

소나무 껍질 삶아
비단을 물들여
한꺼번에 강 위의
햇볕에 말린다.

올해는 어느 정도나
물고기를 잡을 수 있을지
점괘로 알아보아야겠다.

煮爛[17]松皮染網紗[18], 一齊江上曬乾時, 今年捕得魚多少, 箄卦先生已報知.

11

8일 아침밥을 먹고 나서 곧바로 20리를 가서 내소사來蘇寺로 들어갔다. 이전 왕조 학사學士 정지상鄭知常의 시가 있어, 이어서 그 운으로 지었다.

八日喫朝飯訖, 即行二十里, 入來蘇寺, 有前朝鄭學士知常詩因用其韻.

내소사來蘇寺

한 줄기 희미한 길이
마른나무 뿌리에 걸려 있다.
절벽에 드리운 등나무 넝쿨은
손에 잡히질 않는다.

그래도 스님은 정성스럽게
밥을 지었는데
오는 손님 없다고
문門에다 편액扁額을 했구나.

구름과 안개 낀 동굴은
박쥐가 울고
소나무와 회나무 숲 사이에는
잔나비들이 잠을 잔다.

봉래루蓬萊樓 밖으로는
나가지 마라.
반걸음만 옮기면
시끄러운 세상이다.

一條迷路掛枯根, 絕壁垂藤不可捫, 賴有住僧能執爨, 爲無來客輒扃門,
雲烟窟裏啼蝙蝠, 松檜林間宿狝猿, 休向蓬萊樓外去, 纔移跬步卽塵喧.

12

9일 스님의 안내로 취영암鷲嶺菴에 올랐다. 뒤는 절벽이 있고 앞에는
막힌 산골짜기가 있었다. 그곳은 겨우 두어 채 집을 용납할 만하였고
처마 방울에서 물이 천길 아래로 떨어져 사람들이 마음과 눈을 함께
놀라게 하였다.

九日命僧前導, 上鷲嶺菴, 背負絕壁, 面臨窮壑, 其地僅容數間屋, 簷鈴之水墮
於千仞之下, 令人心目俱駭.

취영암鷲嶺菴

이곳에 사는 사람이 곧
참다운 스님이니.
몸은 봉래루蓬萊樓의
몇 층에나 있을까.

사람들은 지난 밤 은하수
높고 맑은 곳 별 하나를
부처님 앞에 켜는
감등龕燈이라고 한다.

此中居住卽眞僧, 身在蓬萊第幾層, 昨夜銀河高潔處, 一星人道是龕燈[19].

13

나의 이번 걸음에 자못 여러 명승지를 다 구경하여 청연靑蓮·사자암
獅子菴 등등, 모두 셀 수가 없었다. 산을 내려와서 20리를 가서 줄포
茁蒲에 닿았다. 이곳은 조창漕倉이 있는 곳으로 상선商船과 선박船舶
이 여기에 모여들고 거주민이 수천 가구이고 판매을 생업으로 하고
있고 부자들도 있다. 이곳은 남쪽의 한 도회지이다. 날이 저물자
주점에서 숙박하였다.

余之此行, 頗窮諸勝, 若靑蓮·獅子等菴, 皆不足數, 下山行二十里, 抵茁浦,
乃漕倉所在, 商船海舶, 輻輳於此, 居民數千家, 皆以販賣爲業, 亦有豪富者,
盖南中之一都會也, 日暮宿于酒家.

줄포茁蒲

푸른 물결 일어나고
갈매기 나는데
강 위에 낭군 실은 배는
언제 도착할까.

배가 도착할 때
모두 노래를 부른다.
군산羣山은 칠산七山 같지 않다.

滄浪吹起白鷗飛, 江上郎船幾日到, 帆到來時齊唱同, 群山也是七山非.

매실은 약간 신맛이고
갈대싹은 부드럽다.
대동호大同號는 출발하여

바다 가운데 떠 있다.

붉은 깃발과 채색 북으로
신을 맞으러 가는데
10리쯤 가니 주렴珠簾이
절반 정도 올려져 있다.

梅子微酸荻筍柔, 大同裝發在中流, 朱旗畵鼓迎神去, 十里珠簾半上鉤.

바람결에 달빛 희미한
이 봄날 밤에
작은 살구꽃 주변에서
퉁소 소리 들려온다.

늦도록 무언가를 기다리다
모두 돌아갔는데
요대瑤臺의 신선 꿈은
하나같이 아득하기만 하다.

暖風微月此春宵, 小杏花邊起管簫, 待到鷄鳴歸去訖, 瑤臺[20]仙夢一何迢.

·····
1   기유(紀遊) : 노닐던 일을 기록함.
2   황정반(黃精飯) : 황정은 옛날 도사(道士)와 선인(仙人)들이 복용했다는 선약.
3   여산(廬山) : 중국 강서성에 있는 명산.
4   탈쇄(脫灑) : 세속의 기풍에서 벗어나 깨끗함.
5   홍몽(鴻濛) : 우주가 형성되기 이전부터 있어 온 천지의 원기, 혹은 그와 같은 혼돈
    상태를 가리키는 말.

6 기석(奇石) : 『해학유서』에는 '奇見'으로 적혀 있음.
7 〈해가 저물 무렵에 낙조대(落照臺)에 올라〉
8 상포(湘浦) : 중국 호남성의 동정호로 흘러 들어가는 소상강(瀟湘江)에 있는 포구의 하나.
9 동정(洞庭) : 중국 호남성(湖南省)에 있는 큰 호수.
10 초병(綃屛) : 명주 비단으로 병풍.
11 옥사(石似) : 옥 같은 돌(石似玉). 옥돌.
12 악기(樂器)의 일종. 시간을 알릴 때 사용함.
13 창우(倡優) : 악공(樂工)이나 기인(伎人) 등을 가리킴.
14 잡기(雜技) : 여러 가지 기예(技藝). 투전 · 골패 등 잡된 여러 가지 노름.
15 납의(衲衣) : 빛이 검은 승려복.
16 투자(骰子) : 주사위. 놀이 도구의 하나.
17 자란(煮爛) : 푹 삶다. 풀어질 때까지 삶다.
18 망사(網紗) : 그물처럼 성기게 짠 비단.
19 감등(龕燈) : 불전 앞에 켜는 장명등(長明燈).
20 요대(瑤臺) : 신선이 사고 있는 곳.

은산銀山 시골집에서

銀山村舍二首
은산 촌사에서 2수

01 푸른 산 마주 보면서

가시 사립이
푸른 산을 마주 보면서
그 맑은 빛을
닮아가는 것 같다.

골짜기는 고요한데
애끊는 잔나비 소리 들리고,
깊은 산에는 기러기 떼가
드물게 눈에 띈다.

숲은 푸른빛이 사라지고,
늦과일이 여기저기
붉게 물들어 있다.

들 밭은 가을 일이 급하여,
불을 밝혀 한밤중에 돌아온다.

02 지는 햇살이

들녘 날씨 절반은
음침하고 절반은 화창하다.
한가하면 늘 혼자 다닌다.

샘물은 여울로 흐르며
소리를 내고,
서산에 지는 햇살이
산을 밝게 되비춘다.

병든 나무는 타다 남았고
거친 밭은 오랫동안
밭갈이를 하지 않았다.

안타까운 것은
오늘날의 세상 일들을
해결할 수 없다는 것이다.

荊扉對翠微, 怡得取淸輝, 谷靜聞猿斷, 山深見鴈稀,
孤林遺綠歇, 晚果亂紅肥, 郊田秋務急, 呼火夜方歸.

野日半陰晴, 欺閒每獨行, 流泉通澗響, 落照返山明,
病木猶遺燼, 荒田久廢耕, 祇憐當世事, 到手却難平.

소나 말이

牛馬(丙子)
우마, 병자(1876)

소나 말이 사람을 다치게 해도
어찌 죽일 수 있겠는가
다만 한 마디 말로
어리석은 사람들을 타일러야겠지.

내 보기엔 고을에도
군자君子들이 많다.
예로부터 공적과 이름은
속일 수가 없다.

牛馬傷人豈足誅, 祇將一語化群愚, 吾看郡邑多君子, 自古功名不可誣.

사립문 닫고

自笑
스스로 웃다.

누에 치는 사람은
언제나 헐벗고
농사짓는 사람은
늘 굶주린다.

조화옹造化翁이 왜
어리석은 사람을 좋아하는지 알겠다.

그걸 알고부터
경영하는 뜻을 접은 채
사립문 닫고
앉아서 시나 짓는다.

蠶者常寒耕者飢, 終知造化喜人痴, 從知斷去經營意, 獨掩柴門坐賦詩.

복숭아꽃

桃花
복숭아꽃

꽃이 필 때 비가 오고
떨어질 때 바람이 부니,
복숭아꽃 며칠이나
붉게 피어 있을까.

이는 복숭아꽃의 일,
바람이 무슨 죄며
비는 또 무슨 도움이 되었겠는가.

開時有雨落時風, 看得桃花幾日紅, 自是桃花身上事, 風曾何罪雨何功.

시골 사람

野人
시골 사람

시골 사람 눈에는
보이는 거라곤
가는 곳마다
벼와 삼이 전부다.

올해는 비가 많아서
물 품어 올리는
용두레가 한가하게 집에 있다.

野人目無見, 行處盡禾麻, 今歲足天雨, 桔槔[1]閒在家.

······

1 길고(桔槔) : 용두레. 낮은 곳의 물을 논이나 밭으로 퍼 올리는 기구.

진안현鎭安縣

鎭安縣
진안현

5월이면 농가는
세금을 내야 하고 그 세금으로
고을을 빗자루로 쓸어가듯 해도
원님은 어질다며 원망할 줄을 모른다.

사람들은 서로 만나면
다른 말은 않고
다만 파리와 모기로
잠을 설쳤다는 말만 한다.

五月田家出稅錢, 縣城如掃長官賢, 野人相見無他語, 但道蠅蚊不得眠.

연풍 가는 도중에

延豊途中
연풍도중

산길 높고 험한데
가을 해 저물어
말발굽이 돌에 부딪히면
불빛이 번쩍인다.

개울 위의 가게엔
사람 기척이 없는데도
떡갈나무 울타리 옆에서
문을 두드려 사람을 불러본다.

山路崎嶇秋日昏，馬蹄擊石火光翻，溪頭店舍無人語，槲葉1籬邊苦喚門.

· · · · ·
1 곡엽(槲葉) : 떡갈나무잎.

연꽃 연못에서

蓮池口占
연꽃 연못에서 즉석에서 읊다.

16번째 위응물 집안은
붉은 연꽃을 지키느라
이웃 마을과 서로 오가지 않았단다.

서로 오가지도 않으면서 어떻게
비단 우산이나 들고
비바람을 다 겪어냈을까.

十六韋家[1]觧守紅, 曾聞隣里不相通, 如何手執青羅傘, 立在江南風雨中.

......

1　당나라 시인 위응물(韋應物, 737~791). 시는 전원 풍물을 묘사한 것으로 잘 알려져
　있으며, 언어가 간결하고 담백함. 당시의 정치와 민생의 괴로움을 주제로 삼은 작품
　들에 뛰어난 작품이 많이 전해지고 있음.

시골집은 언제나

田家
시골집

시골집은 언제나
새벽에 밥을 짓고
볍씨나 삼씨 파종은
때를 맞춰서 하려고 한다.

비둘기는 맑은 날을 기다리고
솔개는 비를 기다리거니
하늘은 어찌 이렇게
공평하지 않은지 모르겠다.

田家常向曉頭炊, 種稻牧麻[1]欲及時, 鳩子喚晴鳴喚雨, 皇天其奈各情私.

· · · · ·
1 목마(牧麻) : 씨가 달린 삼을 암마[牧麻], 반대로 씨가 달리지 않는 삼을 숫마[牝麻]
   라고 함.

살구꽃 피어

閒居次梁伯圭
한가히 지내며 양백규의 시를 차운하다.

살구꽃 피어 하루 내내
문을 닫지 않고,
앉아서 우는 꾀꼬리가
수촌水村으로 날아가는 것을 본다.

농가에서는
꺼리는 것이 많아
새해 책력을 들고
꺼리는 날짜를 헤아려본다.

杏花終日不關門, 坐看啼鶯度水村, 自是農家宜忌在, 手持新曆記田痕.

죽은 아내를 슬퍼하다

悼亡四絶 丁丑
죽은 아내를 애도하는 4수, 정축(1877)

01

서른 살 나이의 유인孺人은
낭군이 천한 것도 가난한 것도
싫어하지 않았습니다.
난초와 혜초가 향기를 잃은 이후로
농사집은 대부분 봄을 잃어버렸어요.

02

스스로 바느질을 배운 것이
열다섯 나이
낭군님 옷이 길고 짧은 것을
대충 알아차렸답니다.
남들은 만들지 못하는
가죽 허리띠와 적삼도
낭군이 입으면 몸에 딱 맞았지요.

03

길삼 등불이 줄어들면
기름 분량을 헤아렸고
서방書房께 보내서
가을을 보내라고 준비했어요.

분粉으로 쓴 명정銘旌은
낭군이 손수 썼고
지금처럼 자기 집안에서
찾아 얻은 것이랍니다.

04

단지 집안일을 말할 뿐,
자기 신변을 말하지 않았고
비녀를 뒷사람에게 주라고 유언했어요.
손수 쓴 편지를 보니 어제 일 같고
회고하며 살펴보니
다시 한번 마음이 아픕니다.

三十行年一孀人, 不嫌郎賤不嫌貧, 自從蘭蕙無香後, 却減農家太半春.
自學操針十五時, 郎衣長短慣曾知, 韋帶布衫寬大樣, 更無人製入身宜.
績燈常減數升油, 送與書房備過秋, 粉字銘鉦¹郎手寫, 如今政得自家求.
但言家事不言身, 遺囑鈿釵與後人, 多少手械²如昨日, 一回看檢一傷神.

1　명정(銘旌) : 장례식에서 붉은 천에 흰 글씨로 죽은 사람의 관직이나 성명 따위를
　　적은 조기.
2　수함(手械) : 손수 쓴 편지.

아내의 죽음

哭內後自傷
아내가 죽고서 곡을 하며 나 스스로 상처 입다.

새는 서쪽 바다에서 태어나
암컷과 수컷이 늘 함께 따라다녔지요.
묵고 썩은 것은 쪼아먹지 않고,
더러운 연못 물도 마시지 않았어요.

흉년을 만났는데
본래 먹을 양식이 모자랐거니.
둘이 날아와서 고을을 넘어
큰 나무의 가지 위에 살았어요.
남의 젖을 먹을 때도
한번 배부르면 아홉 번은 항상 굶주렸지요.

암컷이 병들어 드디어 일어나지 못하고
가시덤불에 버려져 있었습니다.
수컷이 날아서 고향으로 돌아와
배회하며 무슨 생각을 했는지
떠나가려다 맴돌며 다시 멈추곤했지요.

이 마음 참으로 슬픕니다.
산은 길고 물 또한 멀리 흘러
다시 만나기는 끝내 어렵겠어요.

有鳥生西海, 雌雄并追隨, 惟不啄陳朽, 亦不飮汚池,

況是遭饑年, 本乏稻粱資, 雙飛來越郡, 寄棲喬木枝,
向人仰乳哺, 一飽九常饑, 雌病遂不起, 荆榛[1]俱委靡[2],
雄翔歸故鄉, 徘徊若有思, 將行旋更止, 此情良可悲,
山長水亦遠, 會合終無期.

1 형진(荊榛) : 가시덤불.
2 위미(委靡) : 맥이 빠짐.

협강夾江

夾江
협강

강을 끼고 있는 곳 대부분은
시골집인데
빈터에는 들쭉날쭉
무궁화가 피어 있다.

낮잠 자느라
거센 비바람 알지 못한 채
낚싯대 드리운 이내 몸은
그대로 석호 끝에 있구나.

夾江多是野人家, 墟落參差[1]木槿花, 晝夢不知風雨急, 漁竿[2]身在石湖涯.

⋯⋯
1 참치(參差) : 들쭉날쭉.
2 어간(漁竿) : 낚싯대.

숲속 정자

題林亭
숲속 정자에 쓰다.

선비들이 찾는 숲 정자는
특별히 서늘한 곳
앞에는 강을 굽어보고
뜰 마당은 넓다.

푸른 오동 높은 버드나무가
알맞게 자리를 잡고
사람과 함께 한 폭의 그림 같다.

野客林亭特地寒, 前臨陂水戶庭寬, 碧梧高柳安排好, 合作人間畵本看.

시조 번역 2수

飜時調 二絶
시조를 번역하여, 2수

01 전원에 봄이 오니

전원에 봄이 오니
일은 더욱 많아진다.
꽃 가꾸고
약초 심는 사람은 누구인가.

산동山童은 새벽에 일어나
비파와 대를 가다듬고
한 발의 문짝을 이미 엮었구나.

02 오동나무 심은 까닭은

한 그루 오동나무를
정성껏 심은 까닭은
봉황에게 집을 빌려주려 함이다.

사창紗窓에 해 저물고
까치 소리 들려
급히 아이를 보내어
다시 쫓아버렸다.

春入田園事更多, 培花種藥若誰何, 山童曉起工枇竹, 一簇門扉[1]結已過.
一樹梧桐用意栽, 借巢祇待鳳凰來, 紗窓日暮聞烏鵲, 急遣家僮更打回.

1   문비(門扉) : 문짝.

방아노래

調春[1]詞 二絶
방아노래 절구 2수

01

졸렬한 절구방아보다.
정교한 물방아가 좋다면서

금년에 만들었다고
공치사를 떠벌이지만

대동법 때문에 방납이
늦어질까 걱정할 뿐,

조석으로 오가면서도 아전은
농민의 궁한 처지를 모른다.

02

낭군이 외출하면
밤 깊어야 돌아온다.

아내는 불 밝히고 앉아
기다려야 마땅한데,

치맛자락 흩어진 채
잠자리에 먼저 잠들어

의심을 돋운다.

山春太拙水春工, 解說當年製作功, 只恐大同防納²晚, 朝來夜去不知窮.
蕭郞³出外夜深回, 理合明燈坐待來, 却向洞房⁴先自臥, 羅裙⁵狼藉⁶使人猜.

1 조용(調春) : 곡조에 맞추어 방아 찧다.
2 방납(防納) : 조선 시대에 공납을 대신 납부해주고 이자를 붙여서 받는 것. 이로
   인한 폐단이 심했는데 이를 막기 위해 대동법이 실시됨.
3 소랑(蕭郞) : 양(梁)나라의 소연(蕭衍, 子雲)을 가리키는데, 그는 유교와 도교에 정
   통하고 불전(佛典)에 매우 탐닉하였으며, 특히 문장에 뛰어남. 초서(草書)와 예서
   (隷書)에 능했음. 양 무제(梁武帝)가 절을 짓고서 소자운에게 명하여, 비백체(飛白
   體 글씨체의 하나)로 소(蕭)자를 크게 쓰게 하였는데, 뒤에 절은 무너졌어도 이 글씨
   만은 남아 있었다 전함.《梁書 卷35》
4 동방(洞房) : 잠자는 방.
5 나군(羅裙) : 엷은 비단 치마.
6 낭자(狼藉) : 여기저기 흩어져 어지러움.

방죽

陂塘
방죽

방죽은 맑고 얕아서
파도가 일지 않는다.

이웃집에 가서
낚시와 도롱이를 빌렸다.

물새는 울면서
어두운 곳으로 날아가고,

강마을 풀빛은
비가 오며 짙어진다.

陂塘淸淺不成波, 行向隣家借釣蓑, 格格水禽飛去暗, 江村草色雨中多.

가을에

秋意
가을에

하늘이 푸른 비단 빛이다.
밤 사이 오동나무는
서둘러 서늘해졌다.

늦게 태어났다고
슬퍼한 것이 부끄럽다.
옅은 구름 낀 희미한 달빛이
강물에 가득 고였다.

海天初霽碧綃光, 一夜梧桐寫急凉, 自愧晚生怊悵意, 淡雲微月滿瀟湘.

생일에 느낀 바가 있어

生日有感 丁丑
생일에 느낀 바가 있어, 정축(1877)

6월 5일 동틀 무렵
찹쌀밥에 미역국 끓이고
질그릇에 푸성귀 반찬을 담아
변변찮지만 정성을 다했다.
노모는 신령님께 절을 하며,
아들 오래 살게 해달라 발원하신다.

감히 묻고 싶다.
공경公卿들은 왜 오래 살까.
좋은 날 골라 낳았기 때문일까.
처음 태어났을 때 나는 조그만했지만
빙설氷雪보다 맑았고 구슬처럼 밝았다.
잡으면 무너질까
불면 날아갈까 두려워하시며,
아이를 키우던 어머니 마음이 애처롭다.
해마다 빠짐없이
운명과 관상을 들먹이면서
평지에서 공명을 세운다고 말씀하셨다.

10세에는 고문古文을 배웠고,
15세에는 종횡縱橫을 배웠으며,
18세에는 노장老莊을 배웠고
25세에는 장정章程을 배웠고,

30세엔 성명性命을 배웠다.

조금씩 길을 찾아
가시덤불을 헤쳐나갔지만
아득히 멀어서
어느 때 도달할 줄도 알지 못했다.

옷을 걷고 다리를 내밀자
사람들이 놀라며
길을 바꾸지 말라고
축하를 해 주었다.
사내가 몸에 질병이 없고
성품이 총명하여
어려서 요절하지 않기를 바랬다.

내 비록 농부農夫에 지나지 않지만
책을 읽어서 성현聖賢에 이르고,
힘써 경작하여 부모님을 모시며
삶이 다하도록 태평을 즐기려 한다.

六月五日黎明初, 粘米作飯海藿羹, 茹蔌之羞陶瓦器, 要看菲薄達精誠,
老母拜神多發願, 使男壽躋耆耈貴, 公卿敢問緣何故, 謂所是月是日生,
憶曾落地甚纖微, 清於氷雪朗瑤瓊, 執時恐塌吹恐颺, 可憐襁褓養兒情,
談命說相無虛年, 皆言平地立功名, 十歲學古文, 十五學縱橫¹,
十八學莊老, 二十有五學章程², 三十學性命³, 稍尋逕路鑿蓁荊,
悠遠未知何日到, 褰衣出脚令人驚, 請母易祝語, 使男身無疾病性聰明,
齒不班殤夭, 位不過田氓, 讀書以致聖賢, 力耕以奉父母, 終年樂太平.

1 종횡(縱橫) : 춘추전국시대 제자백가 중의 소진(蘇秦)의 합종설과 장의(張儀)의 연
  횡설. 제자백가의 하나. 경세지략의 일종.
2 장정(章程) : 법령 규칙.
3 성명(性命) : 유학 사상의 하나인 성리학을 말함.

동짓날

至日客中洛人見過
동짓날 여행 중이던 서울 사람이 찾아오다.

때를 알리는 북소리 들으며
세상일 주고받는다.
동짓날 또한 깊은 인연이 있겠지
팥죽은 어찌하여 세모를 재촉하나!
매화는 이제부터 고운 때를 만나리라.

어촌에서 술을 사오고
이별한 지 삼 년 만에
거문고 안고 밤을 보내는데
말도 꺼내기 전에
옛기억이 새삼스럽다.
시종이 손수 찻물을 끓인다.

郡城更鼓¹坐談天，日至人俱亦宿緣，豆粥如何催歲暮，梅花從此作時姸，
漁村沽酒三年別，客舍携琴一夜眠，記取²初傷前動意，侍童手驗煮茶泉．

• • • • •

1 경고(更鼓) : 시간을 알리는 북소리.
2 기취(記取) : 기억하다.

집터를 잡고

卜居
집터를 잡고

01 봄이 와도

더부살이는 봄이 와도
즐겁지 않다.
맘먹고 자목단紫牧丹을 바라본다.
짐작컨대, 장인丈人께서
아쉬워하지 않는 것은 아니지만
보내는 정분情分이 얼마나 많으실까?

02 새들이 넌지시

두견杜鵑은 이름난 새이자
또한 이름난 꽃이다.

새의 말과 꽃의 색깔이
많고 적음을 비교해 본다.

꽃이 꼭 좋은 건 아니지만
2월 산가의 화려함을 꽃이 다스린다고
새들이 넌지시 일러준다.

03 갈대꽃과 댓잎이

나무꾼을 따라가서

약 이름을 물어보니
갈대꽃과 댓잎이
황정黃精이라고 한다.

여러 해 전부터
공명功名의 허망함을 깨달아
산속으로 들어가서
양생술養生術을 배우고자 했다.

寓舍[1]春來少喜歡, 猛意要看紫牡丹, 料識丈人非不惜, 用情分遣幾多般.
杜鵑名鳥亦名花, 鳥語花光較少多, 鳥要不如花更好, 山家二月管繁華.
稍逐樵夫問藥名, 蘆花竹葉是黃精[2], 年來了覺功名誤, 勉向山中學養生.

‥‥‥
1 우사(寓舍) : 임시로 사는 집.
2 황정(黃精) : 선가(仙家)에서 복용하는 약초(藥草) 이름인데, 이것을 복용하면 장수
   (長壽)를 누린다고 함.

4월 서리

四月霜
4월 서리

성상聖上 재위 14년.
4월 기축己丑일 아침에,
주인主人은 잠에서 깨어나지 않고
이불 뒤집어쓴 채 엎드려 있다.
노인네들은 이게 무슨 일인가 싶은지
문을 밀치며 서로 다투어 부른다.

나에게 지붕을 보라고 가리킨다.
옥玉을 뿌려 놓은 듯
지붕이 빛난다.
약간 추워도 초목이 겁을 내고
조금 차가워도 창문 위의 서까래로
새들이 날아든다.
여러 생물이 돌아보고 놀라서
기가 꺾이고 추레해 보인다.

육양六陽이 음陰을 누르지 못하니,
누가 너를 방자하고 교만하게 했을까.
주시周詩는 정월正月로 풍자하였으니
그때 마침 재앙이 일어났기 때문이다.

엎드려 바라옵건대, 성상께서는
날마다 마음을 닦아

궁중의 요사함을 끊어야 하리라.
재상들이 보좌하여 충현忠賢을 숭상하고
공손히 임금의 명령에 보답하기 위해
옥촉玉燭을 들고 균등히 조절해야 한다.

그런데 어째서 이런 재앙이 있는지.
나 홀로 애태운다.
인재 구하기가 이미 어려워졌고
마침내 천도天道가 의심스럽다.

聖上十四年, 四月己丑朝, 主人寢未起, 擁衾倒聞寮,
里翁不解事, 排門競叫招, 指余看屋宇, 炯若糜瓊瑤,
輕寒刎草木, 薄冷達窓樗, 群生顧若驚, 氣沮象蕭條,
六陽¹不壓陰, 誰使爾忞驕, 周詩刺正月, 時宜致厥祅,
伏惟聖日脩, 宮壼²絶妖嬌, 幸輔尙忠賢, 左稷³右咎陶,⁴
祇恭答帝命, 玉燭隨均調, 如何有是災, 令我獨憂焦,
求人旣不可, 遂疑天道昭.

‥‥‥
1 육양(六陽) : 건괘(乾卦)의 양효(陽爻)의 6개, 군주를 뜻하기도 함.
2 궁곤(宮壼) : 궁중.
3 주(周)의 시조인 후직(后稷).
4 구도(咎陶) : 순(舜) 임금의 신하인 고도(皐陶)를 말함. 법리에 뛰어나서 법률을 제
   정하였음.

큰 흉년凶年을 만나

▌郡賑二首
▌군의 진휼 2수

01 거둔 것이 모자라면

지난해 큰 흉년凶年을 만나
굶어 죽은 사람이 많았다.
성상께서 밤낮으로 걱정하여
군현에서 그 뜻을 받들었다.

창고를 푸는 것은 옛날의 도道이지만
곳집을 더는 것도 사사로운 정이다.
심지어 부호富戶를 지목하여
재물을 내놓도록 조치하기도 했다.

거둔 것이 모자라면
매질을 하여 사람을 뻗게도 했고.
간신들을 제멋대로 선발하여
몰래 뇌물이 오갔다.
돌로 쳐서 물고기를 죽이고
숲을 찾아다니며 새들까지
자주 놀라게 했다.

이미 대신들을 병들게 했고
소민小民이 생계를 잃었다.
임시로 식량을 대여해도 끝내 방법이 없고
밭을 경작할 수 없었다.

구제할 진휼賑恤이 부족하더라도
다행히 정치적 명분을 도모하거니.
어찌 차마 흉년에 이득을 노려서
제 몸만 챙길 수 있는가?

02 보리는 아직 푸르고

4월 보리 아직 푸르고
농부는 모여서 울부짖는다.
어제는 고을 첩지를 보았는데
보낸 관리들이 두루 순찰하고 있다.
그들은 부자들의 곡식을 잡아서
사적으로 사고팔 수가 없다.
심각하게 굶주린 때를 기다렸다가
진휼賑恤하는 것이 고작
관료官料를 지급하는 것이다.

사람들은 믿고 의심하지 않았다.
불난 것처럼 급하게 분배하기를 바랐다.
어찌하여 도리어 관청으로 들어가서
우리 농부를 실망하게 하는가?

농부가 우는 것은 보지도 않고
다만 수령의 웃음만 바라본다.
농가에는 창문이 없으니,
해와 달은 어느 때나 비출 것인가.

徂歲遭大饑, 目見餓殍盈, 聖人宵晝念, 郡縣方承迎,

發倉乃古道,　捐廩亦私情,　至如抄富戶,　計貲作課程,
所徵或踰力,　榜楚令人橫,　奸吏任存拔,　苞苴[1]暮夜行,
擊石魚俱死,　搜林鳥數驚,　旣使大民病,　小民失聊生,
假貸終無方,　我田不得耕,　雖乏賑[2]救實,　幸圖能政名,
豈忍利凶歲,　用爲一己亨.
四月麥尙靑,　野人聚號叫,　昨日見縣帖,　遣吏周循徼,
執住富民穀,　不得私糶糴,　要待甚饑時,　賑恤是官料[3],
衆愚信不疑,　幸望急如燒,　如何却納公,　使我失情竅,
不看氓夫哭,　但看官長笑,　田家無窓牖,　日月何時照.

‥‥‥
1　포저(苞苴) : 물건을 싸는 것과 물건 밑에 까는 것이란 뜻으로 뇌물을 말함.
2　진휼미(賑恤米) : 흉년이 드는 봄에 굶주린 백성에게 일정한 양식을 꾸어 주었다가
　　가을에 받아들인 관곡.
3　관료(官料) : 관원들의 급료.

봄날 협곡에서 놀다

春日游峽
봄날 협곡에서 놀다.

협곡峽谷은 어찌하여
첩첩이 겹쳐 있는지,
끝이 보이지 않는다.

등나무는 굽은 길을 덮었고,
바위 구멍에서는
찬 기운이 새어나온다.

다행히 바람과 햇빛이 좋아
나다니며 입기에는 홑옷이 알맞다.
계곡물은 계곡에 매달려
높이 흐르며 저절로 층을 이룬다.

물가에서 주먹밥을 먹으니
숟가락이 필요 없다.
문을 나와 몇 걸음만 나가면
길을 가기가 어렵다.

峽谷何重疊, 遙望不見端, 藤木覆蹊徑, 石嵌發空寒,
幸時風日美, 行衣稱袂單, 澗水懸流高, 亦自作層瀾,
臨水手團飯, 未必用匙餐, 出門第幾步, 便諳行路難.

백마강에서

白馬江懷古
백마강에서 옛날을 생각하며

백마강은 남쪽으로 흐르며
저절로 구덩이를 열었는데
어떻게 보냈길래
적선敵船이 여기까지 왔을까.

아마도 그날
젓대 노래하는 곳에
나그네가 이끼 위에 앉는 줄도
까맣게 몰랐으리라.

白馬南流天塹開, 如何送得敵船來, 不料當日笙歌地, 却遣行人坐綠苔.

사월

四月
사월

아직 보리가 익지 않은 4월,
아침 비가 살짝
찬 기운을 낸다.

반가운 손님이 찾아와
아녀자들이 다투어 엿본다.
느릅나무와 버드나무가
단지를 이루고,
닭과 돼지가 스스로
난간을 벗어나 밖에 나온다.

호미를 손에 쥐고
밭두둑에 혜초와 난초를 심는다.
이런 것들 이렇게 심는 건
꼭 필요한 것들이 아니어서
마음이 한껏 여유롭다.

굶주리고 궁핍하더라도
아름답고 깨끗하게 사는 게
마음 편한 일이다.

四月麥未熟, 朝雨放微寒, 田家有好客, 兒女競窺覘,
榆柳初成圍, 鷄豚自出欄, 犁鋤[1]便手把, 畦地種蕙蘭,

所種非需用, 余意何悠漫, 但令芳潔在, 飢窮亦可安.

• • • • •
1   이서(犁鋤) : 쟁기와 호미.

동서로 갈라진 길이 생겨

▌銀山寄梁伯圭 壬申
▌은산 양백규에게 부쳐, 임신(1872)

동서로 갈라진 길이 생겨
백 리 밖 소식을
아득히 들을 수 없다.

땅이 넓어서
말과 소를 놓아 기르고
산이 깊어
사슴들이 저절로 떼를 이룬다.

삼계三溪의 달 아래
성근 종소리는 늦게 들리고
오령五嶺의 구름 속에
낙엽 지며 찬 기운이 감돈다.

두릉杜陵의 가을 시 모임
술 생각이 난다.
국화菊花는 얼마쯤
도군陶君에게 갔으리.

東西遂作路岐分, 百里音書杳不聞, 地曠馬牛常放牧, 山深麋鹿自成群,
疎鍾晚度三溪月, 落木寒生五嶺雲, 正憶杜陵[1]秋社酒, 菊花多少屬陶君.[2]

•••••

1   두릉(杜陵) : 중국 지명이 아니라, 김제에 있는 지명으로 보임.
2   도군(陶君) : 도연명(陶淵明)을 말함. 도연명은 중국 위진남북 시기에 활동했던 대
    표적인 은거 시인.

용화사에서

宿龍華寺
용화사에서 숙박하면서

아흐레 동안 음산하다가
하루만 맑다 선방에서는
불경 읊는 소리가 들려온다.

절 뜰 앞은 눈이 쌓여도
쓸어내는 사람이 없다.
새벽에 일어나 부질없이
짐승들 발자국에 놀란다.

九日重陰一日晴, 禪房來聽誦經聲, 庭前積雪無人掃, 曉起空驚虎豹行.

그대 만날 줄은

夢梁伯圭
양백규를 꿈꾸다.

꿈속에서 그대 만날 줄은
꿈에도 몰랐다.

돌 아궁이에 차를 끓여
함께 마시는데
농도가 맞지 않고
쓰기만 하더니

갑자기 옆 사람이
나를 흔들어 깨웠다.
용화사 새벽 종소리가 울렸다.

當時豈道夢中逢, 石竈¹烹茶苦未濃, 忽被傍人相攪覺, 龍華寺裏五更鍾.

· · · · ·
1 석조(石竈) : 돌 아궁이.

스스로 달래며

自遣
스스로 달래며

병풍도 치지 않고
평상도 놓지 않았지만
들 나그네는 잠이 많아서
해가 길어질수록 잠도 길다.

풀밭에 물안개 몰려오고
강물은 급히 흘러간다.
매실 열매 노랗게 매달려 있고
비 그치자 하늘이 서늘해진다.

집안에서 귀한 물건은
차 끓이는 그릇이고,
내 몸 말고 나를 따라다닌 것은
약주머니뿐이다.

다행스럽게도
아무 일 없는 세상을 만나
두릉杜陵 양지쪽에서 10년이나
베개를 높이 베고 있다.

不施屛障不施床, 野客眠多敵日長, 靑草瘴來江水急, 黃梅雨去海天凉,
家中長物惟茶銚,[1] 身外隨行是藥囊, 但幸遭逢無事世, 十年高枕杜陵[2]陽.

1   다요(茶銚) : 다기의 일종. 다관(茶罐).
2   두릉(杜陵) : 김제 만경에 속한 지명.

산중생활

梁進士蘭煥見過于盤松寓舍
진사 양란환이 반송우사에 찾아와서

01 궁벽한 고을에 누워

궁벽한 고을에 누워 있자니
하루가 1년 같다.
선생께서 나를 불쌍히 여겨
편지를 보내왔다.

가난해서 도연명陶淵明처럼
술을 즐기지는 못했지만
늙어서는 옥천자玉川子처럼
시로 이름을 날렸다.

산마을은 지대가 높아
언제나 눈이 쌓여 있고
강마을은 사람들이 병들어
굴뚝 연기가 드물다.

산음山陰의 흥취를
만끽하던 왕휘지의 배처럼
작은 나룻배는 돌아와서
역참 주변에 놓여 있다.

02 난리를 다 겪고 나니

벼슬 없이 난리를
다 겪고 나니
포구에는 서로 보더라도
아는 사람이 드물다.

순경이 초나라 나그네가 되리라곤
생각지도 못했을 거고
두보가 진나라 땅으로 돌아간 건
스스로 기약한 때문이었을 게다.

신단수 오랜 징험으로
늙는 걸 알아차려서
매화꽃이 섣달에도
더디게 지는 것이 싫지 않다.

친구가 산중의 즐거움을 묻길래
밥도 반찬도 모두
참깨처럼 고소하다고 했다.

伏枕窮鄕恰一年, 先生憐我遣書傳, 貧來酒料非彭澤[1], 老去詩名是玉川[2],
峽郡地高常有雪, 江村人病不多烟, 自家[胗?]似山陰興[3], 小棹還敎及郵邊.

布衣經盡亂離時, 浦海相看罕舊知, 荀卿客楚曾無念, 杜甫歸秦自有期,
檀木驗年多覺老, 梅花留臘不嫌遲, 故人爲問山中樂, 飯用胡麻[4]菜用芝[5].

1 도연명(陶淵明, 365~427)을 말함. 그는 남북조 시기에 진(晉)나라 팽택(彭澤)의 현령(縣令)으로 있다가 오두미(五斗米) 때문에 허리를 굽힐 수 없다면서 고향으로 돌아갔다는 고사가 있다. 《春秋左傳 宣公4年》《晉書 卷94 隱逸列傳 陶潛》

2 옥천(玉川) : 옥천자(玉川子)는 당나라 시인 노동(盧仝)의 호이다. 그의 시인 〈다가(茶歌)〉에 "다섯째 잔은 기골을 맑게 해 주고, 여섯째 잔은 선령을 통하게 해 주고, 일곱째 잔은 다 마시기도 전에 두 겨드랑이에 날개가 돋아 맑은 바람이 솔솔 이는걸 깨닫겠네.[五椀肌骨清 六椀通仙靈 七椀喫不得 也唯覺兩腋習習清風生]"라고 하였다.

3 산음흥(山陰興) : '산음의 흥'이란 진(晉)나라 왕휘지(王徽之)가 일찍이 산음에 살때, 눈이 개어 달빛이 환한 밤에 홀로 술을 마시며 좌사(左思)의 〈초은(招隱)〉 시를 읽다가 갑자기 섬계(剡溪)의 벗 대규(戴逵)가 보고 싶어 즉시 조각배를 타고 밤새도록 찾아갔다. 그런데 정작 문 앞에 이르러 대규를 만나보지 않고 그냥 돌아왔다. 이에 어떤 사람이 그 까닭을 묻자 "나는 애초 흥을 타고 갔다가 흥이 다해 돌아왔다. 대규를 만날 필요가 뭐가 있겠는가.[吾本乘興而行, 興盡而返, 何必見戴?]"라고 한 고사를 가리킨다. 《晉書 卷80 王徽之列傳》

4 호마(胡麻) : 참깨. 후한(後漢) 명제(明帝) 영평(永平) 연간에 유신(劉晨)과 완조(阮肇)가 천태산(天台山)에 들어가서 약을 캐다가 두 여인을 만났는데, 그 여인들이 두 사람을 집으로 데리고 가서 호마로 밥을 지어주었다 한다. 《太平廣記 卷61》

5 지마(芝麻) : 속명 참깨를 말함.

화롯불 쬐면서

酬李君
이군과 수작하며

재주와 학문을
두루 갖춘 이군李君
옥돌처럼 맑고 단단하다.

난리를 겪고 술잔을 나누며
옛이야기를 나누었다.
여행 중에 지은 시권詩卷으로
새해를 맞는다.

야인野人은 삼태기와 삽을
화교禾橋 시장에서 사고,
상인商人은 고기와 소금을
계도桂島에서 배에 싣고 돌아온다.

이 밤 초당草堂에
바람과 눈이 많아서
화롯불 쬐면서
날씨 이야기를 했다.

李君才學得俱全, 玉似淸明石似堅, 亂後酒盃論舊日, 行中詩卷備新年,
埜人畚鍤[1]禾橋市, 賈客魚鹽桂島船, 是夜草堂風雪足, 一爐微火[2]費談天.

• • • • •

1 분삽(畚鍤) : 삼태기와 삽. 연장을 말함.
2 미화(微火) : 잿불.

여름날 저녁

夏夕
여름날 저녁

01

여름날 저녁도 때로는 서늘하다.
창틈으로 밤바람이 들어온다.
농가에는 묵은 양식이 없어
방아 찧는 소리 밤중에 급하다.

02

비 많이 내린 벽제촌碧堤村
크게 만든 도롱이 입고 농부는
젖어서 뒤집지 못한다.

벼농사 이야기를 마치고
늦게야 돌아온다.
담장 바깥 석류나무에
달빛이 어둡다.

夏夕亦時凉, 窓間夜風入, 田家無宿糧, 杵臼夜來急.
野人多雨碧堤村, 大製養衣濕不飜, 却說稻秫歸去晚, 石榴墻外月初昏.

들집

野齋
들집

집들은 대부분 문을 닫고
낮에도 자리 옮겨가며
입들을 다물고 있는 것 같다.

대나무만 보는 사람 없어도
정정하게 곧게 서 있다.

野齋多掩門, 晝坐轉沈默, 脩竹看無人, 亭亭徒自直.

모시 노래

白紵詞
모시 노래

강남의 모시 베는
눈처럼 색이 없고
가볍고 섬세한 것이
빼앗아 온 잠자리 날개 같다.

가위를 움직여 손으로
멈추지 않고 잘라
유행에 맞는 낭군님 옷을 만든다.

바늘로 한 땀 한 땀
온갖 정성을 다하여
낭군이 입을 때를 기다린다.

어제 아침엔 말을 타고
바람에 나부끼며 나서더니
누구에게 보이려고
한껏 멋을 부리며 자랑하고 계실까.

그대를 섬기는 것이
옷 짓는 것처럼 어렵다.
싫을 땐 그대를 탓하지만
좋으면 교태도 보이고 싶다.

江南白紵雪無色，輕纖奪得蜻蜓[1]翼，交刀剪落不停手，另作郎衣合時則，

一鍼一線抽心肝，待君穿着在家看，昨朝騎馬去風飄，向誰眼裏誇妖驕，

事君甚似作衣難，惡見他嗔好見驕.

・・・・・
1　청정(蜻蜓)：잠자리.

5월 연못은

有懷
감회가 있어

5월의 연못은
물이 쪽물 같다.
너울거리는 연잎을
연대가 바늘처럼 찌르는 것 같다.

연꽃 꺾으려 해도
보낼 곳이 없다.
미인은 저 멀리
강남에 있다.

陂塘五月水如藍, 蓮葉飜飜蓮刺綴, 縱使折來無寄處, 美人迢遞隔江南.

벗들이 찾아오다

次朴子和齊鏞
자화 박제용의 시에 차운하여

01

그대는 무주茂朱 용담龍潭 사이에
자리를 잡고 있다.
절벽과 이어진 산봉우리를
얼마나 나다녔을까.

밤새워 등불 켜 놓고
샅샅이 찾아 살펴보았다.
이제부터 덕유산德裕山쯤은
손바닥 안에 든 산이다.

02

성난 여울도 어지러운 산봉우리도
모두 지나서
벗들이 먼 길을 찾아왔다.

정鄭군과 박朴군의
옥같은 사람됨에 부끄럽다.
어떤 나그네가
돈 드는 걸 가볍게 여겼다고는
말하지 말라.

03

버드나무는 산을 양보하여
규전圭田[1] 절반쯤 내려오고
연꽃은 물을 독차지하여
한 갈 남짓 깊이 자리잡았다.

예로부터 강 포구는
갈림길이 많아서
본마음을 잃을까 두렵다.

04

대부분의 자연 풍광은
이 고을에 있다.
멀구슬나무 꽃이 피고
갈대가 길게 자란다.

사부詞賦는 벗이 거둬
모두 사용했고
시詩를 읽으면 마음이 향기롭다.

君家住在茂龍間, 絕壁連峰定幾還, 一夜旅燈傾倒盡, 從今德裕掌中山.
歷盡狂灘更亂岑, 故人用意遠相尋, 雖慚鄭朴人爲玉, 莫謂秦書[2]客易金,
楊柳讓山圭半下, 芙蕖占水丈餘深, 古來江浦饒岐路, 但恐蹉跎失本心.
大半風光此水鄉, 楝花[3]開後葦條長, 詞賦故人收用盡, 讀時[4]惟覺肺腸香.

1 규전(圭田) : 옛날 경(卿)·대부(大夫)·사(士)에게 주는 밭으로 밭에서 나는 곡물로
   제사를 지냄.
2 진서(秦書) : 중국 진(秦)나라의 역사를 기록한 책 이름.
3 연화(楝花) : 멀구슬나무의 꽃.
4 時 : '詩'의 오자(誤字)로 보임.

잣나무

張季鴻大翼家栢樹
계홍 장대익 집에 있는 잣나무

01

타고난 품성을 보려거든
집 앞에 잣나무를 심어야 한다.
조용히 자리 잡아
사람을 맞이하기도 하고
잠들 듯 깨끗하게
손님을 배웅하기도 한다.

차가운 아침에는 물기를 머금고
저녁에는 바꿔서 안개를 거둔다.
여러 차례 손수 가지를 자르면서
갖은 손질로 몇 년이 지나갔다.

02

신선의 땅에서 자라던
이 잣나무를 누가
이 초당 앞에 심게 하였나.

깊은 뿌리 아래
용이라도 감겨 있는지
촘촘한 잎에 서늘한 바람 불면
학이 깃들 수도 있겠다.

어스름한 새벽에는
신선의 누각에
비 내리는 소리 들리고
곱게 날이 개면
두원杜原의 연기가 보인다.

그대가 이 나무를 아끼어
혼자만 차지하지 않는 게 고맙다.
곧게 뻗은 줄기는
구름을 타고 세월을 기다린다.

要看物性天 種栢在堂前, 靜可邀人坐, 淸能遣客眠,
朝寒偏照水, 夕翠更藏烟, 屢度栽封手, 勤勞(飛?)有年.
此栢曾經小有天[1], 誰敎栽得草堂前, 深根迸底知龍蟄, 密葉吹凉許鶴眠,
黯澹曉聞仙閣雨, 濃纖[2]晴見杜原[3]烟, 辭君莫愛攀持易, 直幹凌雲定待年.

......
1   소유천(小有天) : 신선이 사는 곳으로, 도가(道家)의 삼십육동천(三十六洞天) 중 첫
    번째.
2   농섬(濃纖) : 아름답고 곱상함.
3   두릉(杜陵) : 춘추전국시대에 두씨(杜氏)가 살던 지방인 두릉(杜陵)으로 명망 있는
    가문이 세거(世居)하는 곳을 뜻함.

봉래산 정상에

▌謾題
▌부질없이 쓰다.

조만간 동전으로
신선의 비옷을 사서
봉래산 정상에
높이 나는 것을 배우련다.

병 바위와 긴 대숲 사이로
암석이 열리었느니
행인行人 돌아올 날
언제쯤일지 청해 묻는다.

早晚銅錢買羽衣[1], 蓬萊山頂學高飛, 壺巖脩竹開巖石, 倩問行人幾日歸.

......

1 우의(羽衣) : 신선이 입는 옷.

고요한 밤에

| 開眼亭
| 개안정

01

은하수 고요한 밤에
북두도 견우도 밝다.
짚신 신고
물가 정자에 이르렀다.

여울은 매우 맑고
숲 기운은 얇아서
온몸을 한꺼번에
깨어나게 한다.

02

넘실거리는 시냇물은
하늘처럼 맑고
위에 있는 계단 정자는
나그네 기댈 곳을 마련한다.

산촌山村에서는
살림살이가 어려운지
집집마다 밤에 길쌈하는
등잔 불빛이 가물거린다.

銀河夜淨斗牛星，自著芒鞋到水亭，澗氣太清林氣薄，能令筋骨一時醒．
溶溶溪水澈空澄，上有層亭供客憑，認是山村生計苦，家家夜績照松燈．

임천林泉의 경치

林泉
임천

임천林泉의 좋은 경치로
객지 생활을 잊을 수 있었다.

담담히 지극한 맛을
머금은 듯
세상을 벗어나
참된 깨달음을 얻는 듯하다.

나뭇잎들은 언제나
비에 젖은 듯 번들거리고
시냇물 소리는 늘
바람 소리처럼 들린다.

산이 깊고
사람들도 저절로 조용해져
경문經文 읽고
참선하기에 딱이다.

但得林泉勝, 猶能忘客中, 澹如啣至味, 脫似悟眞空,
樹色常看雨, 溪聲每認風, 山深人自靜, 更合讀參同.

단풍 숲

楓林
단풍 숲

어제 밤엔 서쪽 산에
서리가 내리더니
숲 향기가
온 세상에 가득하다.

술잔을 기울이며
가물가물한 고향을 바라본다.

西山昨夜霜, 忽見滿林芳, 苦用傾樽酒, 迢迢望故鄕.

병에서 깨어나

石室雜詠
석실잡영

구름은 후덥지근하고
비가 부실부실 내린다.

석실에는 사람도 없이
종일 텅 비어 있다.

병에서 깨어나 문득
이미 깊어진 가을에
깜짝 놀라고

단풍잎 쓸쓸히
강가에 가득 떨어져 붉다.

幽雲淰淰雨濛濛, 石室無人竟日空, 病起忽驚秋已晚, 楓林寂寞滿江紅.

엽객조獵客鳥 소리

聞獵客鳥
엽객조 소리를 듣고

내가 은산銀山에 잠시 살면서 밤중에 한 마리 새 소리가 크게 들렸다. 상태가 사냥꾼이 무엇을 부르는 소리 같았는데 산의 골짜기가 울리며 진동하였다. 그것은 사람들이 처연하고 슬프게 하면서도 두려운 마음이 들게 하여 고향 생각이 나는 데 충분하였다. 그곳 주민에게 물으니 "옛날 사냥꾼이 죽어서 이 새가 되었습니다."라고 말한다. 이것은 그 소리가 새와 서로 가까웠기 때문에 하는 말이었다.

거친 등넝쿨과 고목이
늦도록 들쭉날쭉 하여
옛날 함께 사냥하던
친구 생각이 난다.

높이 뜬 매를 불러도
보이지 않아
남산의 봉우리와 골짜기가
모두 의심쩍었더란다.

(余寓銀山, 夜聞一鳥聲甚宏暢, 狀若獵客呼嗽然, 山之嵌竅應而震裂, 使人凄爾而悲劇爾而懼, 亦足以興鄉國之思也, 問於土氓則曰古之獵客死而化是, 蓋以其聲相近故云.)
荒藤古木晚參差, 憶昔追人共獵時, 一隻高鷹呼不見, 南山峰壑盡堪疑.

아호鵝湖 저수지

鵝湖四絕 戊寅
아호 절구 4수, 무인(1878)

01

아호鵝湖 저수지 봄물은
젖빛보다 아름다워

한 번만 마셔도
시든 몸이 살아날 것만 같다.

한식날 복사꽃은
피었다가 모두 졌지만

어부는 무릉도원이란 게
따로 없다는 걸 알고 있다.

02

들 물은 문 앞에서
한 자 깊이로 흐르고

갓 태어난
거위와 오리가 떠다닌다.

창주滄洲는
인간 세상에 있는데

어쩌자고 20년 세월을
분주하게 다녔던가.

03

호수 위에는
사람 집이 본디 드물고,

농어가 이렇게 많은데
내 어찌 돌아가리.

기억할 만한 풍경은
청명淸明 지난 다음이고

물 언덕에는 창포菖蒲가
한 마디나 자랐다.

04

살구꽃이 피면
날이 비로소 따뜻하다.

술병은 원인이 없어도
번민을 벗어난다.

등마루에서 낮잠을 자다 깨어
마지못해 길을 나서지만

곧바로 흐르는 물을 따라
앞마을을 지나간다.

鵝湖春水美於酥,　一飮能令起槁枯,　寒食桃花開徧盡,　漁人得辨武陵無.
野水門前一尺流,　初生鵝鴨即能浮,　人間自有滄洲在,　奔走如何二十秋.
湖上人家原自稀,　鱸魚如此我安歸,　風光記得清明後,　水岸菖蒲一寸肥.
杏花番到日初溫,　酒病無因脫憫昏,　睡起一籐行自强,　直隨流水過前村.

나그네 생활

客舘[1] 即事
객사에서 즉흥으로 읊다.

어쩌다가 낙성洛城 변두리에서
나그네 생활을 하고 사는지,
산 살구꽃 피고
다시 한 해가 지났다.

잠에서 깨어나
비가 얼마나 내렸는지 몰랐는데
돌 사이로 한 자 남짓
샘이 새로 생겼다.

如何旅食洛城邊, 山杏花開又一年, 睡起不知多少雨, 石間新得尺餘泉.

······
1   객관(客館) : 숙박시설로 객사(客舍)라고도 함.

두릉杜陵

杜陵
두릉

두릉杜陵에선 한식날
풀이 천지에 가지런히 자라고
오래된 버드나무와 새로운 부들이
물 언덕에 피어 있다.

몇 마디쯤 되는 미꾸라지는
잡을 만해서,
밤이 깊도록 아직도
배로 돌아가지 못하고 있다.

杜陵[1]寒食草齊天, 舊柳新蒲水岸邊, 數寸鯽魚堪可釣, 夜深猶有未歸船.

......
1 두릉(杜陵) : 고향인 김제 만경의 다른 이름.

단오

端午 (丙子)
단오, 병자(1864)

들 복숭아와 산 살구는
한꺼번에 꽃이 피었다.
아직은 봄이
다 가버리진 않은 것 같다.

그네 타기는 짝이 많지만
작년에 왔던 사람들이
올해도 왔다는 걸 알 수 있다.

野桃山杏一齊新, 尙道風光不暮春, 但看秋千多伴侶, 今年知是去年人.

객지에서

客中
객지에서

하룻밤 객루客樓에서
고향 꿈을 꾸었다.

새는 날아가는데
물은 서쪽으로만 흐른다.

시름에 겨워
높은 곳에 올라 털어보려 하지만

높은 곳에 올라가면
다시금 시름에 잠긴다.

一夜鄉關入客樓, 鳥飛祇去水西流, 著愁祇擬登高遣, 及到登高更著愁.

정군을 생각하면서

懷鄭君
정군을 생각하면서

정군鄭君은 농사를 짓지만
큰 뜻을 품어
몸소 차와 참외를 심으며
늦도록 돌아오지 않는다.

하루 내내 침잠하여 시를 읊어도
사람이 찾지 않고
누대 위에서는
몇몇 산봉우리만 눈에 들어온다.

鄭君懷玉野田間, 躬耕茶瓜晚未還, 盡日沉吟人不問, 一家樓上數峰山.

금강錦江 야숙

野宿錦江 己卯
금강에서 야숙하다 기묘(1879)

금강錦江의 봄물이
한 자쯤 불어
밤이 다하도록
바람과 파도로 잠 못 이룬다.

열다섯 살 심부름 아이가
갈 길을 이야기하다가
손에 채찍을 들고 가서
등불 심지를 돋운다.

錦江春水一篙增, 盡夜風濤睡未能, 十五馬僮談道里, 手持鞭策去挑燈.

한강수

漢水
한강수

얼음 녹아 흐르는 한강은
이미 이른 봄
말발굽은 모두 성으로 들어간다.

요즘에는 나도
지리를 잘 알아서
모래 언덕에서 다시는
나루터를 묻지 않는다.

漢水流澌[1]已早春, 馬蹄皆是入城人, 年來我亦知程路, 不用沙頭更問津.

• • • • •
1　유시(流澌) : 얼음이 녹아서 흘러 내려감.

정월대보름날

元夜京中書感
정월 대보름날 서울에서 감회를 적다.

한양에서 종소리 나고
새벽이 오기 전에 앉아서
향로불에 약밥을 먹는 것도
잠시 새롭다.

오늘 밤 집집마다
달빛 아래
얼마나 많은 이들이
애환의 술잔을 기울일까.

漢府笳鍾坐未晨, 香爐藥飯一時新, 不知今夜家家月, 樽酒悲懽定幾人.

벼슬도 명예도

呈趙玉垂
조옥수에게

영성 동네에 사시는
연로하신 선생께서는
벼슬도 명예도
좋아하시지 않는다.

날마다 꽃을 심느라
다소 바쁘시지만
따뜻한 바람과 가랑비 속에서
시도 지으신다.

永城坊裏老先生, 不愛爲官不愛名, 日課種花多少奔, 暖風微雨賦詩成.

문 닫을 때까지

次洪學官
홍학관에 부치다.

01

몇 년 사이 나쁜 버릇이
도를 넘어서
다방에서 술과 시로
문을 닫을 때까지 보낸다.

고상한 시문을 지어
포부를 말하고
벼슬길이 없으면
나아가고 물러감을 헤아린다.

봄은 대궐나무로부터
언제나 먼저 와서
하루 내내 길거리로
아이들을 내쫓는다.

누구에게 명함을 보내겠는가
이내 몸은
자라는 귀밑머리가 한스러울 뿐

02

고향의 부들방석에 누우면

뼈와 살이 시원할 텐데
새벽 종소리에 몇 번이나
꿈에서 깨었던가.

술에 취해 집에서 온 편지는
대부분 잃어버렸고
병중의 객지 생활로
만나는 사람도 드물다.

서울 남산에서 해를 보니
아침 수레가 늦고
한강 북쪽에서 봄을 들으니
수렵마가 경쾌하다.

나이 들도록 시가 굳세신
사직한 학관께 감사드린다.
시 한 편 한 편이 나를
한 번씩 놀라게 한다.

年來癡性勝於狂, 酒詩茶坊盡退場, 白雪有詞論負抱, 靑雲無路算行藏[1],
春從禁樹來常早, 日逐街童去亦忙, 欲向誰家投刺紙[2], 不才悔有鬂毛長.

蒲團歸臥骨肌淸, 夢覺晨鍾第幾聲, 醉裏家書多忘失, 病中客舍少逢迎,
終南見日朝車晚, 漢北聞春獵馬輕, 爲謝學官詩老健, 一篇令我一番驚.

・・・・・
1   출처(出處) 혹은 행지(行止)를 말함. 『논어』·「술이(述而)」편의 "쓰이게 되면 나의
    도를 행하고 버림을 받으면 숨는다.(用之則行 舍之則藏)"라는 말에서 나온 것.
2   자지(刺紙) : 오늘날의 명함(名啣).

재상이면서도

呈許性齋[1]尚書傳
성재 허전 상서에게 드리다.

늦은 나이에
종남산終南山에 물러나 살면서
네모진 오궤烏几를
한쪽 오두막에 마련하셨습니다.

문장文章으로는
종묘의례의 청동그릇에
글자를 새길 만하고
재상이면서도
쌀 한 석 저축하지 않았습니다.

버드나무 드리운 연못은
겨우 배를 띄울 만하고,
꽃밭 사이 문 앞의 길은
수레도 다닐 수 없었습니다.

늙어가면서 나라 걱정에
정성을 다하시고
동궁東宮에 나아가
가르치는 책을 내어 보좌하셨습니다.

晩歲終南[2]是退居, 一方烏几[3]一區廬, 文章自有鐘彝[4]字, 宰相猶無擔石儲,
柳裏池塘纔受艇, 花間門巷不容車, 老來憂國精誠到, 屬進東宮輔導書.

156

• • • • •

1 허전(許傳, 1797~1886) : 호는 성재(性齋), 성호 이익의 학통을 이은 근기 남인계 학자.
2 지금 남산(南山)의 고호(古號). 편자 주.
3 오궤(烏几) : 오피궤(烏皮几)의 준말. 까만 염소 가죽을 덮은 자그마한 책상.
4 종이(鍾彝) : 종묘 의례에서 사용하는 청동제 예기(禮器).

사람들은 늙어

次學士樓韻 辛巳
학사루에 차운하여 신사(1881)

잡초와 짙은 안개가 뒤덮은 학사루,
고개 돌려보니
천년 세월 주체할 수가 없다.

효산崤山 북쪽은 언제나
끝없이 이어지고
위수渭水 남쪽은
하루 내내 흐른다.

큰 재목이라도
천하에 쓰이기 어렵고
약성藥性이라도 사람들 사이에서
살아남기 어렵다.

해마다 학이 끄는 수레를
하염없이 바라보다가
사람들은 늙어
백발이 되었구나.

野草荒烟學士樓, 不堪回首一千秋, 崤山¹北去恒時在, 渭水南來盡日流,
材大難爲天下用, 藥性不得世間留, 年年鶴御²瞻望處, 長使人民老白頭.

• • • • •

1 효산(崤山) : 중국 하남성(河南省)에 있는 산 이름.
2 학어(鶴御) : 학에게 수레를 끌게 한다는 뜻으로 신선의 수레를 말함.

158

눈 속의 매화

雪中觀梅
눈이 내리는데 매화를 구경하며

눈에 눌린 매화 가지
제멋대로 늘어졌는데
겨우 서너 송이
꽃이 피었다.

번화한 빛을 띠지 않고,
홀로 봄바람 머무는
자기 집에 서 있다.

雪壓梅枝盡意斜, 只敎開得數三花, 正緣不作繁華色, 獨住春風在自家.

배 타고 떠난 낭군은

同鄭聖完上夢山
정성완과 함께 몽산에 올라.

고운 잔디와 푸른 버드나무가
다리에 약간 빗겨 있고
가인佳人이 머물면서
옥피리를 분다.

배 타고 떠난 낭군은
오시질 않는데
이번이 세 번째 조수潮水다.

晴莎綠柳小斜橋, 生住佳人字玉簫, 郞在漕船期[1]不到, 今番又是第三潮.

.....
1 조운선(漕運船) : 물건을 실어 나르는 선박.

160

기러기떼 높이 날고

長華旅次
장화 여사에 부치다.

기러기떼 높이 날고
나그네는 쓸쓸하다.

서리 내린 어젯밤에
여울 건너 교외로 들어갔다.

사잇길을 걸으며
말과 사람이 함께 지쳤다.

외로운 배는 나그네를 위해
바람 부는 파도를 겁낸다.

한 쌍의 홰나무는
늙어갈수록 굳세고,

회나무는 가을이 오자
기상이 더욱 호방豪放하다.

세도世道를 얻고 잃는 것은
본래부터 날이 있으니

술잔을 앞에 두고
공연히 근심할 필요가 없겠다.

旅懷牢落鴈翔高, 昨夜微霜入澗郊, 疲馬與人同徑路, 孤舟爲客惻風濤,
雙槐老去形神[1]健, 一檜秋來意氣豪, 世道得喪元有日, 尊前不必着憂勞.

‥‥‥
1 형신(形神) : 몸과 마음.

병으로 누워서도

鳳城九日寄黃雲卿玹 柳洛中濟陽 庚寅
봉성에서 중양절에 운경 황현과 낙중 유제양에게 부쳐(경인, 1890)

중양절中陽節에
국화가 활짝 피었다.
병으로 누워서도
무심코 술 생각이 난다.

세상살이는
늦어지는 게 당연한데,
집에서 오는 편지는
일찍 돌아오라고만 한다.

내 얼굴은 이미
오산鰲山과 친숙하고
세월은 다시 돌아서
압록강鴨綠 강물처럼 급하다.

누구를 만나
나그네 회포를 말할까.
친구들은 저 멀리
봉래산蓬萊山 너머에 있다.

重陽空有菊花開, 臥病無心戀酒杯, 世路政宜長引去, 家書常勸早歸來,
眉顏已與鰲山熟, 歲月還并鴨水催, 待說旅懷誰得會, 故人迢遞隔蓬萊.[1]

1   봉래(蓬萊) : 신선이 산다는 금강산(金剛山)의 별칭.

산천은 비에 젖어도

十一月丁丑抵大邱府
11월 정축일에 대구부 도착하여

5년 만에 달성루達城樓를
다시 찾았다.
비단옷 입고 노래 부르던
옛 생각이 새롭다.

기억하는 것은
봄꽃에서 꿈꾸던 나그네가
풍설風雪을 바라보면서
고향 생각에 잠기던 것이다.

산천은 잔 비에 젖어도
기쁘기만 한데
세월은 놀랍게도
누더기처럼 되어간다.

40세 쓸모없는 선비는
하늘이 이미 운명을 정했는데,
어찌 분주하게 다니면서
쉴 줄을 모르는가?

五年重到達城樓, 羅綺笙歌屬舊遊, 政憶烟花迷客夢, 即看風雪動鄉愁,
山川可喜霑殘量, 歲月還驚入弊裘, 四十腐儒天已定, 如何奔走不知休.

아내에게

寄内
아내에게 부치다.

남편 나이와 아내 운명은
끝내 속이기 어려운 것
40년 살아오는 동안
잦은 이별이 괴로웠답니다.

말발에 편자를 꿰어
객지에 나다니면서
닭 우는 새벽마다
당신을 생각했습니다.

시름에 잠길 때면
마른 오동나무와도
말을 나누고 싶었고,
꿈이 깨면 그 외로움을
짧아진 촛불은 알았겠지요.

집에서 이렇게 한다면,
하루도 빠짐없이
그대 아름다운 눈썹이
거울 속에 보일 겁니다.

夫年妻命竟難欺, 四十行來苦別離, 馬足已穿爲客地, 鷄聲尙到憶人時,
愁成欲與枯桐語, 夢覺惟敎短燭知, 若使在家能了此, 鏡中無日放蛾眉.

지리산智異山이 높아서

余自辛巳後往來嶺湖, 計其足跡所及, 盖走智異一匝也, 撫念行役之苦, 悵然
有作
내가 신사년(1881) 이후로 영남과 호남을 오갔다. 그 족적이 미쳤던 것을 따져보면
지리산을 한 바퀴 돌아다닌 것이었다. 당시 다니면서의 고충을 생각하면 서글퍼져
시로 짓는다.

지리산智異山이 높아서
하늘로 들어갔고,
말머리는 하루 내내
푸른 산만 바라봤다.

두 산봉우리는
끝없이 솟아올라서
아홉 개 고을이
주변에 있는 것을 깨닫는다.

청학도인靑鶴道人은
없는 거라고,
백운거사白雲居士가
일찍이 전해주었는데

동남東南쪽 도적떼는
어느 때나 없어질지
숲 사이로 나가
밭 가꿀 날은 언제쯤일까.

智異之高定入天，馬頭終日仰蒼然，雙峰拔起知無際，九郡周圍覺有邊，
靑鶴道人今不在，白雲居士古相傳，東南盜賊何時盡，待向林間去種田.

강산은 이처럼

次鄭野軒駿涉
야헌 정준섭의 시에 차운하여

01

성을 벗어나니 곧바로
날아갈 듯
강산은 이처럼
나를 편히 돌아가게 한다.

문장이 사람에게 누가 되는 것을
이미 깨달았고
병들고 게을러 훈장질을 마쳤지만
세상일들은 뜻 같지 않다.

새벽녘 절간 종소리에
스님은 일찍 일어나고
동문에 비가 지나가
나그네 발길이 드물다.

청명절 술맛은
정말 마실 만하다.
천하의 포의는 지주의 풍류다.

自出城來直欲飛, 江山如此我安歸, 文章已覺爲人累, 病懶終敎與世違,
齋鼓¹向晨僧起早, 洞門經雨客來稀, 淸明酒味眞堪飮, 地主風流下布衣.

02

나무는 들쭉날쭉하지만
냇가의 풀은 가지런하다.
숲속 머무는 곳은
산의 서쪽에 모여 있다.

백 년의 인간사는
시든 꽃에 상처받고
하루의 천기는
새소리에서 우러나온다.

나무꾼 집 길가에는
소나무 뿌리가 잘려 있다.
단약 만드는 부엌 샘물을 긷는
대나무 아래를 내려다본다.

홀로 이 삶을 마치더라도
다시는 학이 되지 못할 터
밤새도록 나는
맑은 시내를 꿈꾼다.

澗木參差澗草齊, 祇林²棲在衆山西, 百年人事傷花老, 一日天機發鳥啼,
樵家路人松根斷, 丹竈³泉來竹視低, 獨陰此生非復鶴, 通宵猶自夢淸溪.

• • • • •
1 재고(齋鼓) : 절에서 식사 시각을 알릴 때 치는 북.
2 지림(祇林) : 절간.
3 단조(丹竈) : 방사(方士)가 단약(丹藥)을 만드는 부엌.

나무에 걸린 초승달

正月九日暮行至家 辛卯
정월 9일에 저녁에 걸어 집에 도착하다(신묘, 1891)

봄 되자 모래 언덕에
빙설氷雪이 엷어지고
길에는 다투어 달리는
말굽 소리 들려온다.

강 입구에 잠자던 새들은
나그네에 놀라 날아간다.
나무에 걸린 초승달이
사람을 비추고 있다.

술상을 차려
바로 여러 아우를 부르고
재미있는 이야기로
병든 아내를 위로한다.

나다니며 얻은 바 없어
혼자 부끄러운데
베 주머니는 옛날처럼
거꾸로 매달려 있다.

春初氷雪薄沙堤, 一路兢凌響馬蹄, 江口宿禽客驚起, 樹頭新月照人低,
杯盤政可招諸弟, 笑語猶堪慰病妻, 獨愧出遊無所獲, 布囊依舊倒提携.

복사꽃과 살구꽃을

送還朴內求禮
구례로 돌아가는 박내를 보내면서

방문하기 위해
온갖 고생을 겪었는데
낙동강 나루터에서
배를 그냥 돌아가게 할 수 있겠는가.

여관은 권할 만한 곳이
아니고 이별주는 나같이
박정한 사람에게도 달기만 하다.

집에 돌아가거든
좋은 음식 드시고
가는 길에 몸을 위해
눈요기도 해두시게나.

봉성鳳城에 도착할 날을
손꼽아 세어보니,
문 앞의 복사꽃과 살구꽃을
봄의 끝자락에나 맞이할 것 같네

相尋辛苦踏風塵, 忍使回船洛水津, 旅舘諒非携眷地, 離樽甘是薄情人,
歸家旨畜須加意, 在路眼餐要愛身, 屈指鳳城[1]行到日, 門前桃杏迫殘春.

······
1 봉성(鳳城) : 구례(求禮)의 옛 지명.

병든 당나귀에게

三月廿七李進士喜愚李進士稱翼約遊桐華寺
3월 27일에 진사 이희우, 진사 이칭익과 동화사에서 놀기로 약속하다.

선가禪家는 어찌
이처럼 청정한가?

차 화로와 경전이
무척 정겹다.

가다가 보니 다리 세 개를
건넌 기억만 남았다.

오래 앉아 있노라니
절구 소리가 들려왔다.

봄이 되자
술로 얻은 병이 깊어진다.

이제 늙어가면서
시조차도 싫어졌다.

스님을 찾아갔지만
역시 바쁘시다.

짧은 지팡이와 병든 당나귀에
이내 여생을 맡기련다.

禪家如何恁地清，茶爐經卷不禁情，行深但記三橋度，坐久惟聞一碓鳴，

偶自春來添酒病，今於老去厭詩名，尋僧亦在奔忙裏，短策疲驢付此生．

가야 할 청산은 멀다

▌再明將自寺歸, 卽席賦成
▌다시 날이 밝고 절로부터 돌아가려다 즉석에서 시를 완성하다.

사람은 봄을 어여삐 여기지만
봄은 그걸 알지 못한 채
세월만 흘러
꽃 지는 시절에 이르렀다.

이웃집에서 말을 빌려왔다.
가야 할 청산은 멀다.
꾀꼬리 소리 들리는 한적한 절간
대낮은 지루하기만 하다.

의로운 기상은
그대를 북두성에 오르게 하더라도
공명은 슬프게도
매화 가지를 잃게 한다.

지난 몇 년 동안의 방랑으로
신묘한 깨달음이라도 있었던가
풀과 나무, 벌레와 물고기가
모두 시가 되었다.

人自憐春春不知, 流光已到落花時, 隣家借馬靑山遠, 蕭寺聞鶯白日遲,
義氣許君躋北斗, 功名嗟我失南枝,[1] 年來游歷添神悟, 草木蟲魚盡入詩.

1 남지(南枝) : 남쪽의 매화 가지라는 뜻. 중국 남송 시기의 육개(陸凱)가 강남의 매화 가지 하나를 꺾어 장안에 있는 친구 범엽(范曄)에게 보낸 고사에서 유래한 것.

등잔불 켠 띠집에서

金樂安演夏席遇李參奉喜昌 皆京洛篤交也. 主人設小酌, 命妓拈韻得陰字.
辛卯.
낙안 김연하의 자리에서 참봉 이희창을 만났는데, 모두 돈독한 서울 친구이다.
주인이 자그마한 술자리를 베풀고, 기녀에게 운자로 '음(陰)'자를 전하게 하였다.
(신묘, 1891)

지난날 적현赤峴의 그늘을 지나
등잔불 켠 띠집에서
한 잔 술로 밤이 깊었다.

벼슬길은
가시덤불을 여는 격이다.
이곳 물 닿는 시골부터
귤림橘林이면 좋겠다.

지역에서 이미
어진 관리가 다스린다고 들었다.
고을 수령을
어버이 공양하듯 모신다고 한다.

그대도 잘 알겠지,
가난한 가운데 교우하는 이 마음
늙고 병든 문원文園의 사례에서
찾을 수 있다는 것을

往日經過赤峴陰, 油燈茅屋一樽深, 如今宦道開榛塞, 從此沿鄉足橘林,
涉境已聞循吏¹政, 專城²應逐養親心, 知君也有窮交意, 老病文園³亦見尋.

•••••
1 순리(循吏) : 법을 잘 지키며 열심히 근무하는 관리.
2 전성(專城) : 한 지방의 수령.
3 문원(文園) : 한(漢)나라 때 효문원(孝文園)을 수령을 지낸 사마상여(司馬相如)를
   말함.

학이 살던 자리

游丁家亭
정씨네 정자에서 노닐며

정영위丁令威가 떠난 것이
언제쯤인지 묻고 싶다.
솔숲과 대숲의 절반은
학이 살던 자리다.

높은 누대가
골짜기 맑은 시내 속에 있다.
옛날에 부르던 학의 노래를
오늘날에는 알 수가 없다.

借問丁威¹去幾時, 松篁半是鶴棲枝, 淸溪洞裏高臺處, 今日笙歌却不知.

......

1   정위(丁威) : 한(漢)나라 때 요동 사람 정 영위(丁令威)의 약칭. 그가 일찍이 영허산
(靈虛山)에 들어가 선술(仙術)을 배우고 뒤에 백학(白鶴)으로 변화하여 고향에 돌아
가서 성문(城門)의 화표주(華表柱)에 앉았는데, 한 소년이 활을 가지고 그를 쏘려
하자, 그 학이 날아올라 공중을 배회하면서 말하기를 "새여 새여 정 영위가, 집 떠난
지 천 년 만에 이제야 돌아왔네. 성곽은 예전 같은데 사람은 그때 사람 아니어라,
어이해 신선 안 배우고 무덤만 즐비한고." 라고 하였음.

만마관萬馬關

燕峙道中有感 (萬曆[1]癸巳,[2]明將劉省吾繼過此, 有題名石.)
제비 고개 가는 중에 느낀 바가 있어 (만력 계사년(1593)에 명나라 장수 유성오가
이곳을 지났는데, 이름을 적은 돌이 있다.)

만마관萬馬關 옛터를
한 마리 말로 찾아간다.
그때 사람들은 평민을
가볍게 여기지 않았다.

왜놈 정벌하던 장군은
지금 어디 계시는가.
푸른 이끼를 손가락으로 긁어
새겨진 이름자를 찾아본다.

萬馬遺墟[3]一馬行, 時人莫以布衣輕, 征倭都督今安在, 手剔蒼苔看姓名.

.....

1   만력(萬曆) : 중국 명나라의 제13대 황제인 신종(神宗) 만력제(萬曆帝) 때의 연호
    (1573~1620).
2   계사(癸巳) : 선조 26년(1593)에 해당함.
3   만마관(萬馬關) : 전주 근교에 있는 장소.

마을은 안 보이고

題金致昊畫扇
김치호의 화선에 쓰다.

강물이 숲 사이로
곧바로 쏟아진다.

마을은 안 보이고
산만 보인다.

한낮에 어부가
점심 먹으러 돌아가니

텅 빈 배를
갈매기가 지키고 있다.

滄江直瀉樹林間,　不見村閭只見山,　晌午漁人歸喫飯,　虛舟還使白鷗看.

기러기떼를 보면서

▌北砲樓次李竹峰寅龍
▌북포루에서 죽봉 이인룡의 시에 차운하여

무슨 맘을 먹고
남쪽에서 노니는가

비와 바람을
피하지 않고 맞닥뜨린다.

세상 돌아가는 꼴을 보며
공명功名은 이미
부질없음을 깨달았다.

수많은 민가는
성곽 밖에 있는데

수루戍樓에서 들려오는
피리 소리.

영남嶺南에서 함께
나그네 되었느니

기러기떼를 보면서
고향 생각 간절하다.

南遊復何意, 舫冒雨兼風, 世事須觀變, 功名已覺空,千家郊郭外, 一笛戍樓中, 嶺徼¹俱爲客, 不堪辨鴈鴻.

• • • • •

1 영요(嶺徼) : 영남(嶺南).

한번 헤어지면

送李竹峰之晉州
진주로 가는 이죽봉을 보내며

지난해 촉석루에 올랐을 때
춤추는 치마 노래하는 부채 보느라
가을인 줄도 몰랐지요.

나그네가 돌아와서
분명히 기억하는 것은
한번 헤어지면 오랫동안
시름에 잠가는 것이랍니다.

去歲登臨矗石樓, 舞裙歌扇不知秋, 行人到日須牢記[1], 一別翻成[2]萬古愁.

.....

1 뇌기(牢記) : 똑똑히 기억함. 굳게 마음에 새김.
2 번성(翻成) : 갑자기. 홀연히.

갈까마귀 날아가는 곳

趙周八駿教見訪
주팔 조준교의 방문을 받고

비바람 몰아치는
마을 길을 돌아간다.

판문板門은 하루 내내
누구를 기다리며 열어놓을까?

갈까마귀 날아가는 곳을
멀리 바라보는데,

문 두드리는 소리가
화각畵角 소리를 따라 들려온다.

세상은 그대처럼
벼슬하지 않은 선비들이 많거니,

그들은 백 년 동안 몇 곳이나
이런 누대를 찾아왔을까?

종혜樓鞋와 등나무 지팡이로
자주 지나가 주시니,

많은 재능을 지닌 분이
재능 없는 사람을 사랑하는 것이리라.

風雨相仍¹巷路回, 板門終日待誰開, 瞻望眼逐孤鴉去, 剝啄聲隨畵角²來,

四海如公猶布褐, 百年幾處此樓臺, 椶鞋³藤杖頻經過, 却以多才愛不才.

‧‧‧‧‧

1 　상잉(相仍) : 밀어닥침.
2 　화각(畵角) : 시간을 알리는 악기의 일종.
3 　종혜(椶鞋) : 은사(隱士)가 신는 종려나무 껍질로 만든 신.

온갖 근심은 오히려

六月初志
유월의 첫 포부

나그네 회포는 정처 없어
한가함을 견디기 어려운데
다행히 그대와 가까이 살면서
자주 오고 간다.

홈통은 드넓은 들판으로
물을 능히 보내고
누대는 높아
성곽이 산을 가로막지 않는다.

요즘 세상은
훌륭한 시문을 알아주지 않는데
예로부터 어진 인재는
생계형 관리를 병통으로 여겼다.

한 잔 술에 시나 지으면서
때를 보아 살다보면
온갖 근심은 오히려
기쁨이 될 날도 있을 것이다.

旅懷無處可銷閑, 幸得隣比數往還, 野迥梘筒能送水, 樓高城郭不遮山,
如今世路疑投璧,[1] 從古賢才病抱關,[2] 尊酒賦詩時見就, 百憂猶有一懽顔.

1   투벽(投璧) : 다른 사람의 훌륭한 시문을 의미함.
2   포관(抱關) : 미관말직(微官末職)을 뜻하는 말. 가난 때문에 벼슬하는 경우에는 높은 관직을 사양하고 그저 문을 지키는 일[抱關]이나 밤에 순찰도는 일[擊柝]처럼 미천한 일을 맡아야 한다는 말이 《맹자》 만장 하(萬章下)에서 나옴.

손님 가고

六月七日草堂書事
6월 7일에 초당에서 일을 적다.

초당을 거듭 수리하여
사창沙窓을 옮겼는데,
손님 가고 향기도 사라지며
해가 기운다.

식량을 사 두어야겠지만,
글과 검술 때문에
오랫동안 집을 떠나있었다.

담장 위 푸른 공작은
매화 열매를 물고 있고,
연못의 붉은 잠자리는
연꽃 위에 앉아 있다.

포구의 풍경이
줄지 않은 걸 알면서도
이 병든 사내는 도리어
하늘 끝에 머물러 있다.

草堂重理隔窓紗,[1] 客去香銷日亦斜, 直以米鹽多役志, 祇緣書釰久辭家,
墻頭翠雀啣梅子, 池面紅蜓立藕花[2], 江浦風光知不減, 病夫還自滯天涯.

1 안방의 창문.
2 우화(藕花) : 연꽃.

삼강의 띠집

述懷呈趙周八駿教
주팔 조준교에게 회포를 적어주다.

삼강에 띠집이 하나 있고
내외는 앞서거니 뒤서거니
작은 수레를 끌었습니다.

거문고와 바둑으로
바깥일을 덜어내고
물고기 잡고 차 마시며
허기를 때웠답니다.

올해는 분수에 넘치는
〈논병책〉을 올렸고,
근래에는 다시
〈계자서〉를 엮었습니다.

선생을 뵐 적마다
매번 감탄하시지만
재주 있어도 운이 없으니
어째서인가요?

三江我有一茅居, 夫婦相隨軏鹿居[1], 但取琴棋捐外務, 魚枝茶術補中虛[2],
今年誤獻論兵策, 近日還修戒子書, 每見先生成絶倒, 有才無命欲何如.

1 녹거(鹿居) : 한 마리 사슴을 실을 정도의 수레라는 뜻으로 작은 수레를 말함.
2 중허(中虛) : 체질이 허약한 사람이 너무 힘든 일을 해서 원기가 소모되고 비기(脾氣)가 상하거나 담기(膽氣)가 몰려서 생기는 증상.

세월은 누가 풀어놓았는지

聞權進士在升能詩請致
진사 권재승이 시를 잘 짓는데 사직 요청했다는 소식을 듣고

01

지난해 첫 만남을
잊을 수 없습니다.
시간이 지나도
읊조리던 시가 향기로웠지요.

서로 만나 곧바로
마음이 통했고
저는 지금 귀밑머리 하얗지만
아직도 배움을 바랍니다.

반딧불이 성안으로 날아와
가을이 시작되었고
견우성이 집 위에 있어
밤이 처음으로 길어졌어요.

거침없는 말로 많이 부딪쳐
사람들은 저를 꺼리지만
놀랍게도 선생께서는 저를
미치광이로 여기지 않으셨지요

昨日新(?)不堪忘, 移時吟弄覺生香, 相邀直以心肝赤, 願學吾今髻髮蒼,
螢火入城秋自發, 牛星當屋夜初長, 劇談多觸時人諱, 未必先生怪我狂.

02

선생께서 오시고 저도 가서
빠른 배를 찾아 나섰던
그날들이 하루하루 즐거웠어요.

연못가 정자에서 술을 불러
달 아래 붉은 연꽃에
들 집 짙푸른 기장과 함께
닭을 삶았지요.

나는 항아리가 깨질 줄
미리 알긴 했지만
세월은 누가 풀어놓았는지
냇물처럼 내달리는군요.

서로 답답할 때마다
자리 펴고 함께 앉아
인간사를 얘기한 지가
어언간 20년이 되었네요.

自擬沿江置快船, 他來我往日懽然, 池亭命酒紅荷月, 野舍烹鷄綠黍天,
枉算已知歸破甕, 流光誰解住奔川, 相煩且就蒲團坐, 話說人間二十年.

도리어 남은 인생을

壽權進士在升[1]
진사 권재승을 축수하며

달성에서 만났을 때
선생께서는
의관이 훤칠한
육십 노인이셨지요.

스스로 상평尚平처럼
혼사 마친 것을 기뻐하시니
누가 한유의 학문이 끝났다고
애석하게 여기겠어요

한창 나이에 높은 벼슬을
완전히 집어던지고
도리어 남은 인생을
양생하며 초가에 사셨지요.

몸 더욱 건강하시고
저술 많이 하시어
하늘에 보답하시길 바랍니다.

先生相遇達城中, 巾服[2]軒然六十翁, 自喜尚平[3]婚嫁畢, 誰憐韓愈學文窮,
全抛壯歲于槐棘,[4] 却養餘年住篳蓬, 但願從今身益健, 多將述作答天公.

.....

1 권재승(1830~?) : 고종(高宗) 19년(1882) 임오(壬午) 증광시(增廣試) 진사 3등.

2 건복(巾服) : 조선 시대 성균관 유생이나 선비들의 의관(衣冠)을 지칭함.

3 상평(尙平) : 상평은 후한(後漢) 때의 은사로 자가 자평(子平)인 상장(尙長)을 말하는데, 상장은 벼슬하지 않고 은거하면서 《노자》와 《주역》에 정통하였고, 늙어서 자녀들의 남혼 여가를 마치고 나서는 집안일을 전혀 관여하지 않고 오악(五嶽)의 명산들을 두루 유람하였던 고사에서 온 말. 《後漢書 卷八十四》

4 괴극(槐棘) : 삼괴 구극(三槐九棘). 곧 삼공 구경(三公九卿).

흰 구름에 부친다

庚寅十一月余之赴大邱也, 黃雲卿玹, 以詩見贐, 語意切至, 翌年六月, 偶閱
書筒得其稿於紙堆中, 追讀再三次韻答之.
경인년(1890) 11월에 내가 대구에 갔다. 운경 황현이 시를 선물로 주었는데 말뜻
이 매우 간절하였다. 다음 해 6월에 우연히 서랍을 열어보다가 쌓인 퇴지에서
그 원고를 발견하여 다시 두세 번을 읽어보고 차운하여 답하였다.

나귀 타고
영남嶺南 길 나섰는데,
바람과 눈으로
남은 한 해가 다 끝나간다.

사나이가 스스로
의식을 해결하진 못하더라도
먹고 사는 게
궁극적인 목표는 아니다.

세상살이에는
식구가 적은 것이 좋다지만
어찌 감히
맛있는 음식만 고르겠는가.

오직 황매천黃梅泉만이
내가 탄환처럼 달려가는 형세를
마음 아프게 생각한다.

시를 지어 애써

경계를 더하여 주니,
읽어보면 눈물이 떨어진다.

객사에서는 앉아 있는
서열을 따지고
몸과 마음이 피폐하다.

주인장이 거듭
돌보아주니
뿌리치기도 어렵다.

이에 옛 군자임을 깨닫고
신중하게 교제했다.

이를 글로 적어
흰 구름에 부친다.
가져다가 산 아래 창가에
전해지길 바랄 따름이다.

匹馬嶺南路, 風雪迫殘歲, 丈夫不自食, 仰哺終非計,
世間宜口少, 敢復擇薑桂[1], 獨有梅泉子, 憫我走丸勢,
作詩加勉戒, 讀之堪墮涕, 客舍坐經序, 形神欲勞弊,
主人重恩顧, 亦難遽拂袂, 乃覺古君子, 所以愼交際,
書此寄白雲, 去到山窓底.

1 강계(薑桂) : 생강과 육계(肉桂). 여기서는 맛있는 특별 음식.

석양을 기다려 돌아오다.

次趙周八駿敎
주팔 조준교의 시에 차운하여

숲 아래에서 눈썹과 수염이
비취색으로 물들도록
오래 앉아서 말을 나누다가
석양을 기다려 돌아온다.

시인은
나랏일을 잊지 말아야 하고,
지사는 언제나
포의布衣로 버텨야 한다.

둑의 축조를 마무리하여
수초 넝쿨이 우거졌고
들밭 호미질도 끝나
콩꽃이 드물다.

지금은 폐병 치료도
반응이 좋아서
소반에 물을 뿌려
선약仙藥을 만든다.

林下眉髥帶翠微, 坐談須待夕陽歸, 詩人不是忘彝鼎[1], 志士常多托布衣,
湖堰築完菱蔓老, 野田鈕畢荳花稀, 如今肺病治應好, 一盒丹砂[2]造水飛.

1 이정(彝鼎) : 종묘(宗廟) 의례에서 사용하는 각각의 제기(祭器) 이름. 국정(國政)을
   비유한 말.
2 단사(丹砂) : 선가(仙家)에서 수은(水銀)과 유황(流黃)을 섞어 만든 선약(仙藥).

달성의 가을

達城秋興
주팔 조준교의 시에 차운하여

01

소박하게 살면서도
약간의 물건이 필요해서
대나무 베개와
등나무 평상을 한꺼번에 마련했다.

절기가 바뀌면서
매미 울음소리도 급해졌고,
산은 펑퍼짐하고 멀어선지
새들이 낮게 날아다닌다.

자주 술친구를 불러서
저자를 지나는데
약속한 재승齋僧이
시냇가에 이르렀다.

스스로 돌아보니
갈매기나 해오라기 같거늘
강호의 어느 곳인들
깃들지 못하겠는가

閒居亦有些東西, 竹枕藤牀費取齊, 節序變遷蟬語急, 山野平遠鳥飛低,
頻招酒客經新市, 已約齋僧赴把溪, 自顧一生鷗鷺性, 江湖何處不宜棲.

02

금년에 겪은 일은
다 말할 수 없다.
이 몸은 포구浦口의 비와
산바람을 겪었다.

젊어서 사용한 거문고며 서책들은
다 고물古物이 되고
타향他鄕에서
박나물은 새로 맛보았다.

남쪽 군영軍營의 고각鼓角소리가
천가千家의 달빛 속에 들려오고
북쪽 척후소斥堠所의¹ 수레바퀴는
열 길 먼지를 일으킨다.

수각水閣과 운루雲樓에
두루 시詩를 썼으니
나를 시인詩人이라 하는 것도
틀린 말은 아니다.

年來經歷不敢陳, 浦雨山風此一身, 少日琴書多物故, 他鄕匏果已嘗新,
南營鼓角千家月, 北堠輪蹄十丈塵, 水閣雲樓題詠徧, 未妨呼我作詩人.

03

남도南道로 온 이후
몸이 좋아져서

피리와 북을 가지고
거리로 나가보았다.

아름다운 계절季節에
남의 집에 가서 술에 취하고,
법관法官도 우리의
미치광이짓을 탓하지 않았다.

연기 낀 버드나무에
어둠이 짙어오고
비 내리는 오동나무에
서늘한 바람 분다.

눈썹 같은 산과
옥 같은 물이 사랑스럽다.
이런 풍광風光들이
다 고향故鄕만 같다.

自喜南來身力强, 相隨笳鼓走街坊, 佳辰便就人家醉, 法吏猶容我輩狂,
楊柳烟邊生薄暮, 梧桐雨裏送微凉, 眉山玉水俱堪愛, 爲是風光似故鄕.

‥‥‥
1   부(賦)의 동태를 살피는 초소. 편자 주.

시골뜨기

僋父
시골뜨기

시골뜨기는 올해 나이 44세歲,
귀밑머리 하얗지만
아직 심하지는 않다.
이따금 한두 올이 있어서
뽑아내어 보이지 않게 했다.

그리곤 동년배들을
따라다니며 어울렸다.
주머니를 더듬어
몇 푼의 돈만 있으면
곧바로 술집으로 가서
취하도록 마셨다.

인생 즐거움은 끝이 없어
또한 한 손으로는
글을 짓고 가다듬는다.

음식은 많이 차릴 필요가 없고
집이 높고 넓을 필요도 없다.
단지 마음 맞는 곳이 있으면
이게 바로 좋은 삶이다.

베옷과 허리띠는

챙기느라 얽매이지 않아
더우면 가슴을 열고
추우면 가리면 된다.

천기天機는 언제나
스스로 편안하게 하고
눕고 일어남은
평상 마루를 따라 한다.

살아서 눈썹을 찡그리지 않고
죽으면서 눈을 감으니
옛사람들은 이런 것을
진짜 복으로 여겼을 것이다.

儘父今年四十四, 猶有鬢白未甚熾, 間有一兩莖, 拔去不令肆,
可堪與流輩, 追逐作游戲, 探囊得數錢, 輒向酒家醉,
人生取樂無窮達, 且將一手幷塗抹,
食不必舖張, 宅不必高闊, 但有會心處, 便是好生活,
布衣褖帶不拘檢, 熱時開胷寒則掩,
天機常自安, 臥起隨床簟,
生不皺眉死瞑目, 古人以此爲眞福.

길 가기 어려움이여!

行路難
행로난

길 가기 어려움이여!
길 가기 어려움이여!
알지 못하면 그만이지만,
알면서 일부러 범하는 것은
참으로 탄식할 일이다.

평범한 사람은
입과 몸을 위해 살기에,
모두 갖추어도 먹을 게 없으면
배고픔을 깨닫고
옷이 없으면 추위를 느낀다.

집안에 부모와 처자식이 있어서
꾸짖기도 하고 부르짖기도 하여
부모父母와 처자妻子가
책망하거나 울부짖는 일이 많고
손발을 정신없이 놀려도
멈출 수가 없다.

동서를 오가면서
평탄한 길을 찾으러
문을 나가 한 걸음만 걸어도
산에는 참호가 있고

강에는 나루터가 있어,
차가 뒤집히고 배가 가라앉는 것을
날마다 볼 수 있다.

이런 것들은 사람에게
다리 힘을 빠지게 하고
놀랍고 두렵게 한다.
비록 그럴지라도,
안으로 근심이 많지만
겉으로는 가벼운 척하면서
오히려 말 채찍을 가지고
앞길로 나아간다.

해가 저물고 길이 멀어
내가 무엇을 하겠는가?
슬픈 노래를 울부짖고 싶어도
소리가 나오지 않는다.

어떻게 하면 우공愚公처럼
산을 옮기고
정위精衛처럼 바다를 메워서
넓은 육지와 평평한 언덕이
곳에 따라 있게 할까?
그런 일이 없다는 것을
누가 알지 못할까마는
예나 이제나 사람들은
부질없는 일들을 바라며 산다.

行路難, 行路難,

不知則已, 知而故犯眞堪嘆,

凡人口體[1]生, 都具無食覺飢無衣寒,

更兼家有父母室妻孥, 訶責呼號多所需,

手脚倉皇[2]住不得,

東去西來尋坦塗, 即自出門第一步,

山皆坑塹[3]水津渡, 覆車敗船日相望,

使人足腿爲之罷軟, 心膽爲之驚懼,

雖然內憂旣重外還輕, 猶將驅策赴前程,

日暮道遠吾何爲, 悲歌嗚咽不成聲,

安得愚公移山[4], 精衛塡海[5], 廣陸平原隨處在,

此事必無誰不知, 古人今人空相待.

· · · · ·
1 구체(口體) : 부모님을 봉양하는 방법의 하나. 구복(口腹)과 신체(身體)의 봉양을
   위주로 하여 맛있는 음식과 좋은 의복을 제공함으로써 받들어서 부모님의 마음을
   즐겁게 하는 것.
2 창황(倉皇) : 어떻게 할 겨를도 없이 매우 급함을 뜻함.
3 갱참(坑塹) : 깊고 길게 파놓은 구덩이. 참호(塹壕).
4 우공이산(愚公移山) : 우공이 산을 옮긴다는 뜻으로, 어떤 일이든 끊임없이 노력하
   면 반드시 이루어짐을 이르는 말. 우공(愚公)이라는 노인이 집을 가로막은 산을 옮
   기려고 대대로 산의 흙을 파서 나르겠다고 하여 이에 감동한 하느님이 산을 옮겨
   주었다는 데서 유래한다. 『열자(列子)』에 나오는 고사.
5 정위(精衛) : 새의 이름. 옛날 염제(炎帝)의 딸인 여와(女娃). 여와는 동해(東海)에서
   놀다가 바다에 익사하였는데, 다시 정위(精衛)라는 새가 되어 서산(西山)의 목석(木
   石)을 물어다가 동해(東海)를 메웠다고 함.

사람들이 비웃는 이원초는

李巡使席同申靈山觀朝申清道郁李大邱喜翼夜酌
순찰사 이석이 영산 신관조·청도 신욱·대구 이희익과 밤에 술을 마시다.

사람들이 비웃는 이원초는
키가 일곱 자 남짓이다.

거침없이 말을 쏟아내고
거침없이 술을 마신다.
이웃에서 책을 빌려 읽기보다
흥겨운 가락의 전기수傳奇叟[1]
읊조림이 좋구나.

복숭아꽃은 이 나그네와
서로 아는 듯하고
제비 또한 그에게는
거리를 두지 않았다.

즐비한 명사들의 말석에
벼슬도 없는 사람 하나 있었더라고.
다른 날 영남 사람들 입에
수군거리는 일로 전해질 것이다.

江湖人笑李元初, 軀體徒長七尺餘, 劇飲賀辭添市酒, 慵吟猶喜借隣書,
桃花與客如相識, 燕子於人不自疎, 他日嶠南傳盛事, 羣公席末布衣居.

......
1   품삯받고 책을 읽어주는 사람인 전기수(傳奇叟)를 지칭한 듯.

금호강琴湖江에 부탁함

謝徐藍田(藍田名其玉, 本大邱妓也, 頗工於詩, 年四十餘, 退居漆谷府架山之
隅, 巡使李公召至營, 一日訪余于所舍, 留飮盡日而去.)
서남전에게 사례함 (남전의 이름은 기옥이고 본래 대구의 기생이다. 그녀는 자못
시를 잘 지었고, 40여 세에 칠곡의 가산 근방으로 물러나 살고 있었다. 순사 이공
이 관영으로 초치하였는데, 하루는 내가 있던 거처를 방문하여 종일 머물면서
술을 마시고 놀다가 갔다.)

삼 년 동안
달성達城에 머물면서
나그네 마음은 쓸쓸하다 못해
스스로 가련하지만.

소소蘇小의 집주변 구름은
북쪽으로 흘러가고,
동심초 읊던 설도薛濤의 창문에는
해가 서쪽으로 걸려 있다.

서로 만난 곳은
거듭 빚은 술이 있는 곳
한번 마시려면
나비 날아다닐 때가 좋을 게다.

지금부터는 배를
건너가게 허락하지 말라고.
금호강琴湖江에게 부탁하고 싶다.

三年留食達城烟, 客意蕭條只自憐, 蘇小[1]宅邊雲北去, 薛濤[2]窓裏日西懸,
相逢政在酴醿[3]地, 一飮頗宜蛺蝶天, 寄語琴湖江口水, 從今不許渡歸船.

*****
1 소소(蘇小) : 남제(南齊) 시기에 전당(錢塘)의 유명한 기녀.
2 설도(薛濤, 768?~832) : 당(唐)나라 장안(長安)의 명기(名妓). 시(詩)를 잘함.
3 도미(酴醿) : 거듭 빚은 술. 도미주(酴醿酒). 도미주는 여러 차례 빚은 술이라 중양
   주(重釀酒)라고 부르기도 하고 도미화 꽃잎과 향을 넣어 만든 술을 이르기도 함.

쉽지 않은 길

余之赴仁同也約赴徐藍田山莊, 失路未果以詩寄之
내가 인동에 갔다. 서남전의 산장으로 가기로 약속하였는데, 길을 잃어서 가지
못하고 시를 지어 부친다.

쉽지 않은 길이라서
나그네는 혼자 가다가
다른 길로 들어섰다.

나는 꽃을 보는 복福이
적었는데
그대를 알고 난 이후로
유서시柳絮詩를 많이 읊었다.

낙수洛水에서 봄 돛단배를
서로 바라보던 곳
오산烏山에는 밤 횃불이
꺼져갈 때다.

이 정情을 어떻게
끊어 없앨 수 있을까?
옛사람들 생각했던 것을
믿을 수가 없다.

非是箕林[1]未易知, 行人自去作迂遲, 祇緣我少看花福, 已識君多詠絮詩[2],
洛水[3]春帆相望處, 烏山夜火欲殘時, 此情如何銷除得, 不信前人有所思.

1 기림(箕林) : 평양에 있는 기자묘(箕子廟)가 있는 수풀. 여기에선 풍류의 평양을 지
칭하는 말로 보임.

2 서시(絮詩) : 진(晋)나라 왕응지(王凝之) 아내인 사도온(謝道韞)의 '未若柳絮因風起
(버드나무 꽃이 바람에 휘날린다는 말보다 못하다)'라는 시구(詩句)에서 나온 말.
여자의 재주를 칭찬하여 '유서재(柳絮才)'라고 함.

3 낙수(洛水) : 섬서성(陝西省) 낙남현(洛南縣)의 총령산에서 시작하여 하남성 공현
(鞏縣)의 동북쪽을 경유한 후 황하로 들어가는 강.

모래섬을 바라보며

> 金仁同演夏約游東錐江以公事不得出, 余携酒獨往, (江在仁同府西十里, 有
> 不知巖精舍 故張旅軒顯光藏修處.)
> 인동 김연하와 낙동강에서 놀기로 약속하였는데, 공께서 나오지 않았다. 나는 술을
> 들고 홀로 갔다 (강은 인동부 서쪽 10리에 있으며 알지 못하는 암자의 정사가
> 있다. 이것은 옛 여헌 장현광의 문헌을 수장한 곳이다.)

봄 강에 나룻배를 빌려서
손님을 태웠다.
버드나무와 갈대가 우거진
나루터였다.

푸른 물에 미꾸라지가
뒤집히면서 멀리 보이고
맑은 모래 위에
갈매기가 한가롭게 서 있다.

일에 매달려 사는 그대를
어느 곳에서나 볼 수 있을까?
모래섬을 바라보며
우울하게 읊조린다.

이 병든 몸 다행히
관직의 책임이 없으니,
술병 하나로
유람을 즐길 수 있겠다.

春江載客借漁舟，楊柳蒹葭是渡頭，翠浪鯽魚翻遠見，晴沙鷗鳥立閒愁，徵君事業看何處，使我沈吟向此洲，病拙幸無官守責，一樽猶得辦奇游．

단옷날에

端陽日泛舟東雒次金仁同韻
단옷날에 낙동강에 배를 띄우고 놀면서 김인동의 시운에 차운하여

푸른 물결 한 움큼 떠서
취한 얼굴을 씻고,
돌아와 숲 사이에 눕는다.

빈터 아래 두어 채 집은
물에 닿을 듯하고
십 리나 펼쳐진 풀밭에선
비로소 산이 보인다.

민속에서 앵두를 주는
아름다운 계절이 되었고
관가에서 수세收稅를 멈추며
잠시나마 시간이 한가롭다.

출렁이는 물결 위에
예쁜 배 띄워 신선노래를 부르면서
남쪽 바람을 기다리다가
통행금지시간 끝난 후에 돌아왔다.

手掬滄波灌醉顔, 歸來因復臥林間, 數家墟落原臨水, 十里平蕪始見山,
野俗饋櫻佳節至, 官門停稅暫時閒, 蘭舟[1]蕩漾[2]笙歌發, 直待南風定[3]後還.

1 곱게 꾸민 작은 배를 가리킴. 목란주(木蘭舟).

2 탕양(蕩漾) : 물이 출렁거림. 물이 넘실대는 모양.

3 인정(人定) : 밤에 통행을 금하기 위하여 종을 치던 일.

용의 해에 있었던 일들

交龜亭次申淸泉瀁韻(亭在聞慶縣北三十里)
교구정에서 청천 신옹의 시를 차운하다.(정자는 문경현의 북쪽 30리에 있다.)

평생 품은 충분忠憤을
거의 길 위에 내뿜었다.

서원철폐 등등
용의 해에 있었던 일들 묻지 말고,
조령鳥嶺의 관문關門을 보라.

임금께서 일찍이
요해처要害處를 설치하여 지키니
어찌 오랑캐를 걱정하리.

머리를 들어
남두성南斗星을 바라본다.
하늘 구름의 운행이
저절로 돌아온다.

平生忠憤意, 多發道塗間, 莫問龍年[1]事, 須看鳥嶺關,

維皇曾設險, 有守豈憂蠻, 矯首望南斗[2], 天雲行自還.

‥‥‥
1 용년(龍年) : 용의 해, 여기서는 무진년(戊辰年, 1868)의 사건들을 말하는 듯. 1868
   년에는 대표적으로 대원군의 서원철폐가 있었고, 독인인 오페르트가 충남 덕산에
   있는 남연군의 무덤을 도굴하는 사건이 있었다.
2 남두(南斗) : 남두성(南斗星). 남쪽 하늘에 있는 말[斗] 모양으로 생긴 여섯 개의
   별을 지칭함. 남쪽 지방을 뜻하는 말로도 쓰임.

달성達城 성 밖에는

北砲樓望見野作者有感
북포루에서 들에 농사짓는 사람을 보고 느낀 바 있어

달성達城 성 밖에는
시골집들뿐이고
두렁길은 도랑에 닿아 있다.

개구리 울음소리가 물결을 친다.
비는 넉넉히 내렸다.
돈을 시장으로 보내
소금과 물고기를 산다.

집집마다 장정莊丁들은
들에 나가 일을 하고,
방울 소리 내면서
모를 실은 수레가 달려간다.

들 밥을 내가는 아낙네는
훤칠하여 골격이 크고
쑥대머리 농부는 새벽에 일어나느라
빗질도 하지 않았다.

상투한 젊은이는
들꽃을 좋아하고,
내외는 서로 바라보며
좋아죽는다.

논두렁은 평평하여
벼가 잘 자라고,
술병을 놓고 물 건너 여러 사람을
요란하게 불러 댄다.

고을 관리들이 찾아와
시끄럽게 굴지 말라며
너희들의 옷과 음식이
어디에서 나오느냐고
지난해 조세租稅가 남아 있으니
당연히 아들과 어머니가
올해 갚으라고 한다.

백번 굶주리다가
한번 배부른 때도 있느니
온 가족이 둥그렇게 모여서
원망한들 어찌하랴.

부끄럽게도 나는
선비 노릇 30년에
고향을 버리고
오래도 떠돌아다녔다.

호남湖南에는
기름진 땅이 많아서
돌아가 농사일이나 하는 것이
마땅할 텐데
나는 이제 근력이 쇠퇴해서

후회해도 이미 늦은 것 같다.

達城城外卽田廬, 南阡北陌連溝渠[1], 鳴蛙拍浪雨初足, 送錢街市販鹽魚,
諸家丁壯出耕作, 鐸聲滿路走秧車, 饁婦頎然髖髀[2]大, 蓬頭晨起不經梳,
絞髻[3]野花猶自好, 夫妻相見輒絶倒, 滕朧已平稉稻長, 樽酒隔水羣呼噪,
城中官吏莫來擾, 爾輩衣飯從何到, 去年租稅欠餘在, 當並子母今年報,
百飢亦有一飽時, 室家團聚奚怨咨, 愧我爲儒三十載, 棄捐鄕土長奮馳,
湖南膏壤未嘗少, 歸把犁鋤眞便宜, 伊今筋力向衰暮, 縱能心悔不能追.

••••••
1 구거(溝渠) : 개골창.
2 관박(髖髀) : 허리뼈와 어깨뼈.
3 교계(絞髻) : 상투를 하다.

청산靑山으로 도심道心을 닦다

與李馨五小酌 壬辰
이형오와 함께 술을 마시며, 임진(1892)

그대 같은 사람은
운림雲林에 눕기에 맞지 않은데,
무슨 일로 가족을 이끌고
푸른 강가에 이르렀는가.

지난날 바라볼 때는
구름이 저 멀리 있더니,
올 때는 길에
눈이 깊이 쌓여 있다.

집이 가난하여
흐르는 물로 생계를 삼았지만,
늙어가면서 청산靑山으로
도심道心을 닦는다.

조정에 한 번쯤은 나갈까 싶으니
병중에도 관잠冠簪을
훼손하지는 말게나.

似君不合臥雲林, 何事携家到碧潯, 往日瞻望雲正遠, 來時徑路雪初深,
室貧流水稱生計, 年老青山證道心, 但恐聖朝[1]終一出, 病中休得毁冠簪[2].

222

1   성조(聖朝) : 훌륭한 임금이 다스리는 조정.
2   관잠(冠簪) : 상투 위에 쓰는 관과 머리를 고정하는 비녀.

한번 보고 나를

贈李馨五
이형오에게 주다.

나이 40에 7척의 몸으로
관복이 강남 사람과는 아주 다르다.
긴 눈썹은 희고 밝아
옥玉보다 깨끗하고
작은 티끌이 묻는 것도
허용하지 않는다.

용장龍庄의 저자에서
떡국을 사서 먹고,
앉아서 시사時事를 이야기하면
바람과 우레가 일어난다.

다소간의 기관들이
모두 없어지고 말았지만
한 번 보고 나를
고향 사람처럼 대해주었다.

눈앞의 이해득실을
어찌 논할 필요가 있으랴,
지나간 것들은 돌이킬 수 없지만
미래는 당연히 다가온다.

편남便楠 나무는 예로부터

좋은 재목이라 일컬었고
등림鄧林은 천리 길에서
기둥뿌리로 쓰려고 옮겨왔거니.

이제는 오래되어
몇 아름드리나무로 컸다.
꺾이거나 굽혀지지 않을 게다.

나는 가엽게도 못나서
그대에게 미치기가 어려워
드디어 길을 바꾸어
소위 벼슬살이를 나서게 되었다.

어찌 감히 포의布衣가
공후公侯를 가벼이 여기랴.
굴곡진 나는 산 구릉에
버려진대도 싫어하지 않겠다.

집안에 대나무를 심어서
낚싯대 길이만큼 자랐으니,
삼포三浦에 얼음 녹기만을
오로지 기다리고 있다.

四十行年七尺身, 冠服絕殊江南人, 脩眉白晳潔於玉, 不容著得些兒塵,
買得餠湯龍庄市, 坐談時事風雷起, 多少機關都捐盡, 一見待我如鄕里,
眼前得失何須論, 往者莫追來者存, 楩楠[1]從古稱良材, 鄧林[2]千里移株根,
如今老大到連抱[3], 未應委折[4]隨秋草, 自憐瘦薾難望及, 遂令出處[5]兩其道,
豈敢布衣輕公侯, 迂疎[6]不厭棄山邱, 家中種竹漁竿長, 待看三浦生澌流.

1 편남(楄楠) : 나무의 일종. 편나무와 남나무.
2 등림(鄧林) : 전설상의 숲. 옛날 전설에 신수(神獸)인 과부(夸父)가 목이 말라서 하수(河水)와 위수(渭水)를 마셨는데도 부족하여 대택(大澤)의 물을 마시려고 가는 도중에 목이 말라서 죽었고, 그때 버려졌던 지팡이가 변해서 유자나무[鄧林]가 되었다고 한다. (『山海經』 卷8)
3 연포(連抱) : 아름드리.
4 위절(委折) : 이런저런 복잡한 사정이나 이유.
5 출처(出處) : 벼슬에 나아가고 물러감.
6 우소(迂疎) : 屈曲, 얽히고설킴.

바닷가 선비

조군趙君은 원래
바닷가 선비인지라.
두건과 큰 띠는
착용하지 않는다.

늙은 종은 밭을 갈고
아이는 글을 읽는다.
집안에 희황羲皇의 풍속이 있다.

손님이 오면 닭과 기장밥을
흔연하게 대접하고
어렵게 산다고
일찍이 말한 적이 없다.

땅에 화로火爐를 손수 만들어
장작불을 피우고,
오경五更의 눈보라 속에
침상에서 잠을 잔다.

지난번 문자를 보니
매우 풍부하고 넉넉하여
태창太倉에 들어가서
묵은 좁쌀을 헤아리는 듯했다.

만나서 필적筆蹟을 보니
더욱 기이하고 굳세어져서
마침내 진체晉體와 촉체蜀體로
국면을 이루었다.

다만 괴이한 것은
푸른 하늘이 뜻이 없지 않겠지만,
왜 현달한 사람은
가난한 집안에서 많이 나오는 것일까?

趙君元是浦海士, 幅巾¹大帶無拘束, 老僕耕田兒讀書, 室中自具義皇²俗,
客來鷄黍供歡欣, 口語未嘗道不足, 地爐手撥榾柮³火, 五更⁴風雪對床宿,
向見文字甚豊贍⁵, 若入太倉⁶量陳粟, 及見筆字尤奇遒, 遂并晉⁷蜀⁸立成局⁹,
但怪蒼天不無意, 如何賢達多茅屋.

• • • • •
1 은사(隱士)가 쓴 두건(頭巾).
2 희황(義皇) : 복희씨(伏羲氏). 중국 고대의 삼황(三皇) 중 한 사람.
3 골돌(榾柮) : 장작용 나무토막.
4 오전(午前) 3시~5시.
5 풍섬(豊贍) : 풍요롭고 넉넉한 것.
6 태창(太倉) : 정부의 곡식 창고.
7 진(晉)나라의 왕희지(王羲之)의 서체를 말함.
8 촉(蜀)지방 소식(蘇軾)의 서체를 말함.
9 성국(成局) : 크기나 형태가 알맞게 잘 어울림.

살구꽃이 붉게 재촉하여

謝李承旨建昌 癸巳
승지 이건창에게 사례하여, 계사(1893)

01

귀양지에 와서 보니
보는 눈이 다시 새롭다.
어찌 이렇게까지 예禮로써
손님을 대하시는지?

성글고 게으름은 다 내 탓이라
고치기 어렵다.
모였던 것 다 흩어져도,
가난은 남아서 떠나가지 않는다.

산군山郡의 피리 소리 듣는
오늘따라 한밤에 비가 내리고,
한성漢城에서 술을 사 마시며
십 년 봄을 보냈다.

부평초처럼 물에 떠 흘러가는
인간사人間事라지만,
다행스럽게도 시편詩篇이 있어서
진실을 기록할 수 있다.

02

공자께서는 어찌하여
도道가 궁하다고 탄식했을까?
강남의 사부詞賦가 모두
헛된 것은 아니다.

초은시招隱詩가
고상한 곡조 아닌 것을 누가 알랴.
내가 보니 이소경離騷經은
그것의 변풍變風이다.

객지에서 하얀 고미菰米를
배불리 먹었다.
살구꽃이 붉게 재촉하여
돌아가려 행장을 꾸린다.

시골 사람들은
왕정王程이 급한 것을 알지 못하고
감히 물안개 낀
바닷가에 머물러 있으라 한다.

謫舍來看眼更新, 如何致此禮相賓, 疎慵自作難醫疾, 退散[1]惟存不去貧,
山郡聽笳今夜雨, 漢城沽酒十年春, 浮萍流水人間事, 幸有詩篇記得眞.

夫子何須歎道窮, 江南詞賦未全空, 誰知招隱[2]非高操, 我見離騷[3]是變風,
旅食飽經菰米[4]白, 歸裝催及杏花紅, 鄕人不識王程急, 可敢相留瘴海中.

230

1 퇴산(退散) : 모였던 것이 흩어짐.
2 초은(招隱) : 시편(詩篇)의 이름으로 은거하는 현사(賢士)를 구하는 내용임.
3 이소(離騷) : 초(楚)의 굴원(屈原)이 지은 초사(楚辭)의 편명(篇名).
4 고미(菰米) : 볏과에 속하는 다년생 수초(水草). 잎은 자리를 만드는 데 쓰이고, 열매와 어린 싹은 식용(食用)으로 하여 그 열매를 '고미'라 일컫는다.

술동이를 앞에 두고

▍豊城¹二月贈李馨五定稷
▍풍성에서 2월에 이형오에게 줌

01

풍성豊城의 까마귀는
모두 놀라서 날아갔지만,
오직 한 시인詩人이
나에게 어긋나지 않았다.

왕찬王粲이 누각에 오르는 것은
지금 이미 늦었고,
한강韓康은 약을 팔아
어느 때쯤 돌아갈 것인가.

술동이를 앞에 두고 스스로 깨달은 것은
심장과 간이 그런대로 괜찮고,
거울 속에 비친 미운 모습은
골상이 영 아니라는 것이다.

이로부터 손을 잡고
쓸쓸한 절을 떠나서,
한 병의 맑은 물로
때 묻은 옷을 씻어낸다.

豊城烏鳥盡驚飛, 惟有詩人不我違, 王粲²登樓今已晚, 韓康³賣藥幾時歸,
樽前自覺心肝是, 鏡裏還憎骨相非, 從此提携蕭寺去, 一瓶淸水洗塵衣.

02

고향 마을에서 상종했던
20년 동안을
돌이켜보면 아득하기만 하다.

소탈했던 나는 이미
선배先輩로 추대되었고,
헤어진 사람은 마땅히
이 자리를 아쉬워하리라.

취한 눈으로 꽃을 보니
무성하거나 당당하지 않고
봄날의 시름은 풀마다
길게 자아내지 않는 것이 없다.

최근에 그대가
더욱 쇠약해진 걸 알게 되었다.
바짝 말라버린 벼루와 먹이
책상 옆에 놓여 있다.

鄕里相從二十年, 如今追憶正茫然, 疎狂我已推前輩, 離別人應惜此筵,
醉眼看花非盛壯, 春愁無草不牽綿, 知渠近日衰尤甚, 硯墨凋零几案邊.

......

1 풍성(豐城) : 조선왕조의 시발지인 전주(全州)를 일컫는 말.
2 왕찬(王粲) : 후한 말 위(魏)나라 왕찬(王粲)이 동탁(董卓)의 난리를 피하여 형주(荊
   州)의 유표(劉表)에게 가서 몸을 의탁하고 있을 적에, 유표에게 그다지 중한 대우를 받지 못하는 가운데 고향 생각이 절실해지자, 강릉(江陵)의 성루(城樓)에 올라가서 고향 하늘을 바라보며 〈등루부(登樓賦)〉를 지은 고사가 있다.

3 한강(韓康) : 후한(後漢) 때 사람. 한강은 자신의 몸을 숨기기 위해 30여 년을 산에서 약초를 캐다가 장안(長安)의 시장에 팔다가 자기를 따라 약을 팔던 어떤 여자에게 신분이 발각되어 다시 산으로 들어가 은둔하였다.

꽃들 사이에 앉아

▐ 鳳泉菴次許星五奎
▐ 봉천암에서 성오 허규의 시운에 차운하여

10년을 쓸쓸히 보내던
한 유생儒生이
갑자기 제실齊室에 가서
늙은 심정을 시로 부친다.

약藥을 씻기 위해
여울가를 찾아가거나,
때때로 서책書冊을 빌리러
읍내에 가기도 한다.

꽃들 사이에 앉아
봄이 저물어간다.
대숲 밖에 발소리 들리고
비가 갠다.

여기 와서 이미
속된 손님이 아닌 걸 알았으니
저 잔나비와 새들을
놀라게 하지 마시라.

十年寥落一儒生, 却就齋居寄老情, 澆藥自能尋澗道, 借書時復到州城,
花間几席春將暮, 竹外節鞋雨適晴, 來此已知非俗客, 敎他猿鳥莫相驚.

그대를 찾아가기 위해

贈李馨五定稷
이형오에게 주다.

고결한 사람 가는 곳이
그윽하고 깊숙한 곳만은 아니다.

나를 따라 산기슭으로 이사한
그대를 찾아가기 위해
호수湖水에 이르렀다.

늙을수록 얼굴이 옥玉 같고,
가난해도 오히려
문자文字는 금값이다.

평생 세상 구제할
대책을 지녔었는데,
이제는 그만두고
처음 세운 마음을 저버렸다.

高人常獨往, 未必在幽深, 從吾移嶽麓, 訪爾到湖陰,
老復顏如玉, 貧猶字直金, 平生經濟策, 已矣負初心.

236

몸소 밭을 갈면서

行赴完城留飲南原府次許星五奎
전주를 가다가 남원부에 머무르며 술을 마시며 성오 허규의 시운에 차운하다.

200리 길을 함께 간다.
허씨許氏는 풍류가 대단하다.

밤에는 남원에서 술을
외상으로 마시고,
아침에는 압록鴨綠 물가에서
배를 부른다.

세상에서는
낯선 사람을 두려워하던데
누구네 집이기에
신발을 거꾸로 신고 나오며 반길까.

어찌하여 산으로 들어갔을까?
몸소 밭을 갈면서
가을 수확을 기대해 본다.

相携二百里, 許子亦風流, 夜貰龍城[1]酒, 朝呼鴨水舟,
誰家能倒屣,[2] 於世恐謀裘[3], 何以歸山去, 躬耕待有秋.

•••••

1   용성(龍城) : 남원의 별칭.

2 　도사(倒屣) : 반가운 손님을 맞이하느라 경황이 없어 신발도 거꾸로 신었다는 말.
　　후한(後漢) 말에 왕찬(王粲)이 장안(長安)에 와서 채옹(蔡邕)을 방문하였다. 채옹이
　　신발을 거꾸로 신고 문으로 나아가 맞이해 들어왔는데, 왕찬의 나이가 어린 데다
　　용모도 단소(短小)하였으므로, 모인 빈객들이 놀랐다는 고사가 있다.
3 　모구(謀裘) : '여우모구(與狐謀裘)'에서 나온 말. 여우를 상대로 여우를 잡아 가죽을
　　벗기길 도모한다는 뜻. 서로 이해관계가 맞지 않는 사람과 의논하면 원하는 바가
　　이루어지지 않음을 이르는 말.

이형오李馨五가 찾아와

李馨五訪余鳳城留數日乃歸乙未
이형오는 내가 있는 봉성을 찾아 수일을 머물다가 돌아갔다. 을미(1895)

01 여울가 별빛 아래

그대가 황혼黃昏에
현성縣城에서 온 것은
벗들의 재주를 사랑하기 때문인가.

숲 사이 바람 불어
책이 날아간다.
여울가 별빛 아래
술병을 돌려가며 따른다.

한밤중까지 사람을 붙잡고
이야기하기를 즐긴다.
나그네의 재촉으로
봄날 가는 것이 한스럽다.

요즈음 게으름이 심하여
강가의 죽창竹窓을 열지 않는다.

黃昏旋自縣城來，爲愛諸君有異才，林下風吹書卷墜，澗邊星照酒瓶回，
休辭夜話留人久，却恨春歸被客催，近日自知疎懶甚，滄江竹牖不常開.

02 향기로운 안개 속에

요즈음 집을 떠나
산이 더욱 사랑스럽다.
봄 내내 건巾을 쓰고
산에 오른다.

누각樓閣에 오른 나그네
향기로운 안개 속에 잠든다.
어지러운 돌길 사이의 화목花木은
사람을 혼미하게 한다.

한 길을 걷는 그대의
근력筋力이 좋아 기쁘다.
같은 나이인데도 나는
귀밑머리가 하얗다.

숲속 스님은 내가
가난하고 병든 줄 알고 있겠지
찻값을 못 갚는 게 부끄럽다.

近日離家尤愛山, 春來巾屐費躋攀, 樓臺宿客香烟裏, 花木迷人亂磴間,
一路喜君筋力健, 同年驚我鬢毛斑, 林僧已識吾貧病, 慚愧茶錢未償還.

03 전쟁은 다 끝나버렸고

관청에는 다행스럽게
한민閒民의 호적이 없더라도
적막한 물가 변두리 집을

서로 찾아갈 수 있다.

오랫동안 타향을 떠도는
그대가 가슴 아프다.
나를 이상하게 여기는 이들은
자주 이곳을 지나가시게나.

아름다운 풍광을 보는 동안
귀밑머리가 세월을 재촉한다.
늙을수록 몸에
약이 필요함을 깨닫는다.

시구는 따르지 못하는데
전쟁은 다 끝나버렸고
길 가는 중에
두루마리가 더 보태진다.

官家幸不籍閒民[1], 乃得[2]相尋寂寞濱, 四海憐君流落[3]久, 諸君怪我過從頻,
風花[4]已覺催裏鬢, 凡藥須敎近老身, 詩句不隨兵火盡, 行中卷軸也增新.

04 열흘 동안 떠도니다

열흘 동안 떠도니다
이제 집으로 가려는데,
탱자꽃 핀 곳에
사찰寺刹문이 열려 있다.

강가 백조白鳥가 외롭다.

현내縣內의 청산靑山에
다시 오길 약속한다.

늙어서도 좋은 세상을
만나지 못한 것 같다.
고상한 시詩로
세상을 구제할 수는 없는가.

풍성豊城에서 이별한 후
이변異變이 많아
술잔 앞에 마음이 배나 상한다.

旬日離家便欲回, 枳花深處寺門開, 江邊白鳥看孤往, 縣裏靑山約再來,
年老已無逢世意, 詩高還有濟時才, 豊城別後多移變, 一倍傷心此酒盃.

05 이별하는 꿈을 꾸다

강남江南의 바람은
보리 익을 때 서늘하다.
잠시 선방禪房을 빌어 앉아
향香을 피운다.

술에 취한 채
이별하는 꿈을 꾸고
시詩에 몰두하다
해 기운지도 모른다.

창포잎은 봄을 지나도 짧고

버드나무 가지는
날마다 자라난다.

조물주造物主는
시구詩句 좋은 줄도 모르고
우리를 바쁘게만 한다.

江南風氣麥天涼, 暫借禪房坐燒香, 醉夢已經臨別路, 沈吟不覺到斜陽,
菖蒲葉自經春短, 楊柳枝能與日長, 造物不知詩句好, 枉教吾輩作奔忙.

06 지팡이 짚고 짚신 신고
성 동쪽에 사놓은 집은
이미 봄이 한창인데
궁벽한 거처라서
지붕을 새로 엮었다.

꽃 사이 놓인 책상은
새들이 다가올 만하고
대숲 사립문은
어쩌다 사람이 들어온다.

지팡이 짚고 짚신 신고
바람과 먼지를 밟으면서
먼 길을 사양하지 않는
벗들이 고맙다.

더 드릴 음식도 있어

더 머물다 가라고 상의한다.
돌아오는 들 절은
비에 가득 잠겨 있다.

買屋城東已一春, 幽居不負葺治新, 花間几案堪馴鳥, 竹裏門扉僅納人,
多謝故人勞杖屨, 不辭脩路踏風塵, 饗飧⁵亦可相留款, 野寺歸來雨滿中.

07 새벽닭 울 때까지

여러 일에 마음 상하여
잠도 이루지 못하고
봄밤 새벽닭 울 때까지
우두커니 앉아 있다.

구름 사이 절에는
꽃이 늙어간다.
비 내리는 강촌江村에는
불빛이 밝다.

술을 대하여
소양素養을 논하지 않고,
지금은 산으로 돌아와
이미 창생蒼生을 저버렸다.

시를 짓는 재주
사람마다 오래 가질 수 없으니
그대에게 모두 미루어 주어
맹주盟主로 추대하려고 한다.

百事傷心夢不成, 春宵容易抵鷄鳴, 雲間夜寺花應老, 雨裏江村火獨明,

對酒不須論素蘊, 歸山今已負蒼生, 詩家繡尺[6]無人久, 便欲輸君作主盟.

・・・・・

1 여기에서 한민(閒民)은 일정한 직업도 없고 이일 저일 닥치는 대로 하는 사람을 말함.
2 '乃得'(『해학유고』, 『동시근선』), '隨宜'(『해학유서』)
3 유락(流落) : 고향을 떠나 타향에서 삶.
4 풍화(風花) : 산들바람이 부는 가운데 피어 있는 꽃으로 아름다운 풍경을 뜻함. 『동
   시근선』에는 '風光'으로 적혀 있음.
5 옹손(饔飧) : 아침밥과 저녁밥으로 손님에 대한 음식 대접을 뜻함.
6 수척(繡尺) : 시를 짓는 재주.

마음껏 놀면서

鳳城
봉성

봉성鳳城 성북리城北里의,
두어 칸 초가집으로 이사했다.

술과 장기로 대접을 받고
의관衣冠은 벗어버렸다.

꽃이 제비를 유혹하진 않았지만
제비는 사람 가까이 집을 짓는다.

마음껏 놀면서 시장터 문 앞길이
날마다 떠들썩하다.

鳳城城北里, 移買數間茅, 酒博邀新歡, 衣冠負舊交,
花非爲汝艶, 鷰自近人巢, 墟市門前路, 任地日吶吶[1].

......

1 규노(吶吶) : 소리 지르며 떠들썩함.

246

넘쳐나는 물

觀漲
넘쳐나는 물을 보며

7월 18일 황혼黃昏에,
물이 성의 동쪽 문으로
들어온다고 한다.

처자식을 이끌고
높은 곳으로 올라가는데,
집안 물건들은 무슨 소용 있으랴.

뽕밭이 푸른 바다로 변한 것은
어쩔 수 없는 일,
잠깐 사이에 평지는
무릎까지 물이 찼다.

남쪽 산 높이가 삼천장三千丈인데
눈앞의 푸른 산은
갑자기 없어져 버렸다.

나라는 지금 경장更張의 시대
더러움을 씻어내려고
그 무엇도 남기려 하지 않는다.

하늘도 좋은 일을 해야겠지
때를 알아서 장차

백성에게 보답해야 한다.

七月十八日黃昏，人言水入城東門，携妻挈子升高去，室中什物寧須論，
滄海桑田不可詰，須臾平地深於膝，南岳之高三千丈，眼前蒼翠忽相失，
國家今遇更張時，洗盪汚穢欲無遺，天意有攸在好事，將報黎首元知時.

가장 어려운 것은

追賊華陽有感 丙申
적을 추격한 화양에서 느낀 바 있어, 병신(1896)

양華陽이 좋다고 들었다.
지금 보니 그렇지 않다.

토착 도적떼가 험한 산세를 믿고
언덕과 골짜기를 차지하고 있다.

나는 병사들을 이끌고
법대로 소탕하리라.

다만 전묘殿廟가 있어서
불을 지르고 공략할 수가 없다.

예로부터 가장 어려운 것은
여우나 쥐새끼 같은 놈들이
의탁할 곳이 있다는 것이다.

昔聞華陽好, 今見華陽惡, 土寇藉爲險, 輒自占丘壑,
伊我提兵來, 法當一掃廓, 只緣殿廟在, 未敢行焚掠,
從古所難處, 狐鼠有憑托.

미친 사람이라 해도

自京還至尙州諸舊識設酌二香亭
서울에서 돌아오다가 상주에 이르러 여러 옛 친구들과 이향정에서 술자리를 마련
하다.

지난 밤 상산商山 여관에서
귀에 익은 젓대 소리가 들린다.

다가가보니 연잎이 시들어가고
오래 앉아 있으니 달이 밝다.

부역나간 사람을
손님들이 위로하고,

자리에 얽매인 관리를
사람들이 우습게 여긴다.

온 고을이 환호하거니,
미친 사람이라 불러도
거리낄 것이 없겠다.

昨夜商山舘, 雙笳慣耳聲, 來遲荷已老, 坐久月猶明,
征役客相慰, 羈官人所輕, 歡呼傾一郡, 未妨呼狂生.

급여 때문은 아닌데

大邱府述懷示金松堂成喜嚴素泉柱厦
대구부에서 회포를 적어서 송당 김성희와 소천 엄주하에게 보이다.

급여를 바라고
온 것은 아닌데
우리 공公들의 마음 씀씀이가
어찌 그리 깊으실까.

대구군수大邱郡守가
안부를 물어오고
낙육재樂育齋의 생도들도
우리를 찾아뵙는다.

도학을 꿈꾼 지 여러 해 되었지만
끝내 물러나고
전원田園으로 돌아가 계획 없이
침잠하여 시를 읊는다.

지금은 영남에서 모두
나그네가 되어 있다.
안위 문제는 각자의
마음가짐에 맡기고자 한다.

來此殊非索俸金, 吾公眷遇意何深, 大邱郡守頗通問, 樂育齋生亦見尋,
望道有年終引退, 歸田無計却沈吟, 如今嶺外俱爲客, 直以安危托素襟.

하필 내 나이를 묻는가

詠歸亭醉後口號
영귀정에서 술에 취해 즉흥으로 읊다.

숲속에 정자를 지어
하늘을 홀로 차지했구나
우러러 산을 바라보고
샘을 굽어볼 수 있다.

술잔은 사람들에게
그만 마시라고 막지 않고
풍광 또한 나를
더 머무르라고 붙잡지 않는다.

진달래꽃 피고 처음으로
많은 비가 내렸다.
버드나무 가지 사이에
안개가 서려 있다.

근력은 아직도 강해서
아무 데든 따라갈 만한데,
아리따운 여인네는
하필 내 나이를 묻는가.

林亭便作一家天, 仰可看山俯把泉, 酒盞於人難制斷, 風光與我不留連,
杜鵑花裏初多雨, 楊柳條間自有烟, 筋力尙强追逐地, 蛾眉何必問吾年.

한번 더 이 고을을

送李司令謙濟撤兵還朝
철병하여 조정으로 돌아가는 사령 이겸제를 보내며

지난해에는 안동부에서
기쁘게 술잔을 들었다.

공을 이룬 것은
이 고을을 위해 좋은 일이고
오래 주둔하며
백성과 더불어 편안했다.

지나는 길마다.
향과 축하글이 넘치고
돌아가는 행장에는
환약만 남았다.

고개 넘을 날을 헤아리면서
한번 더 이 고을을 바라보았다.

去歲安東府, 獲承杯盞懽, 功成爲郡好, 駐久與民安,
歷路多香祝, 歸裝止藥丸, 料知踰嶺日, 也有一回看.

달성에서 술을 마시며

客達城作, 丁酉
달성에서 짓다. 정유(1907)

01 친구들은 대부분 떠나고

숲속 누각은 뜰이 널찍하고
원님은 거문고와 술로
손님 접대에 정성을 다한다.

재능이 있어도 알아주지 않으면
관리가 수고롭지만,
시가 높으면 그래도
선비의 갓을 자랑할 수 있다.

아지랑이 빛이 물들면
언제나 비로 내리고
대나무가 바람소리를 내면
유난히 땅이 차가워진다.

서울 친구들은 대부분 떠나고
검푸른 얼굴들만
서로를 바라본다.

林間有閣戶庭寬, 太守琴樽盡客歡, 才大未應勞吏事, 詩高猶自狎儒冠,

嵐光染作常天雨, 竹氣吹成特地寒, 京洛故人多不在, 蒼然顔髮兩相看.

02 백릿길 화려한 봄꽃

수령 처소의 동쪽엔
샛문이 열려 있지만
오가는 사람 드물어
섬돌엔 푸른 이끼가 끼었다.

옥잠화에 참죽이 돋아나고
이어지는 매미 소리에 양매가 익고 있다.

누대는 좋은 자리로
관리가 머물기 위한 곳
시첩은 한가할 때
나그네를 접대하러 가져온다.

백릿길 화려한 봄꽃은
잘 가꿔져 있다.
젊어서부터 그대는
남달리 풍채가 좋았었지

郡齋[1]東出角門開, 石砌人稀見綠苔, 眞眞玉簪生苦竹, 離離金蟬熟楊梅[2],
樓臺好處爲官住, 薄牒[3]開時與客來, 百里烟花[4]治蹟在, 知君自少有風裁[5].

03 박씨네 정원

맑은 길 동남쪽 박씨네 정원
내 발걸음이 반드시
절집만 찾아가는 것은 아니다.

산과 계곡은 이미 녹아서
사람이 깜짝 놀라고
누대는 나그네를 위해
술자리를 베풀 만하다.

세상일에 부침이 있는 것은
당연한 일,
한 사람의 편안함도
어려운 일만은 아닐 것이다.

그대처럼 일 이루기는
참으로 어렵겠지
그대는 날마다 『심경』을 읽는다.

清道東南朴氏園, 吾行不必向雲門, 溪山已解驚人眼, 臺榭兼宜設客樽,
萬事升沈何足問, 一家康濟尙堪論, 如君事業眞難得, 日取心經[6]手自飜.

04 선생은 높이 누운 채

물가 나무 그늘에
새가 날아다닌다.
선생은 높이 누운 채
사립문을 걸어 잠갔다.

누구네 집이길래
술이 익고 도연명을 맞이하는가
지난밤 은하가 밝고
소미성이 움직였단다.

풀들 이미 돋아나
말발굽에 밟힌다.
버들꽃은 아무도 모르게
옷깃에 떨어진다.

식사를 마치고 가려다가
다시 돌아왔다.
강산이 이와 같은데
내 어찌 그냥 돌아갈 것인가.

澗樹陰陰澗鳥飛, 先生高臥掩荊扉, 誰家酒熟邀彭澤, 昨夜河明動少微[7],
芳草已看榮馬足, 楊花不覺點人衣, 飯畢欲行旋復坐, 江山如此我安歸.

05 무릉도원의 시작인가
이곳 남쪽 고을에 있으면
시내와 산봉우리가 보기 좋다
인가도 대나무 숲 사이
알맞게 자리 잡았다.

도의는 누가 감히
늦게야 이루어진다고 하는가,
부귀도 공명도
나는 이미 초심을 저버렸다.

오동나무 그늘 있는 곳은
산이 늘 푸르스름하고
연잎이 뜨는 때는

물이 저절로 깊어 보인다.

무릉도원 가는 길의 시작인가
신선 사는 곳을
다시 찾기 어려울까 두렵다.

南州有此好溪岑, 粧點人家間竹林, 道義誰堪成晚契, 功名我已負初心,
桐陰在處山常翠, 荷葉浮時水自深, 一路武陵須起有, 仙源終恐再難尋.

06 주인과 나는 서로

멀리 숲 아래로
인가의 연기가 피어오른다.
산이 끝나고 강이 열리니
속이 확 트인다.

누구네 누각이길래
저렇듯 허공에 솟아 있나.
절벽 위 은하수는
우러러 하늘에 닿아 있다.

한 줄기 바윗길은
겨우 말이 지나갈 만하지만
모래톱에는 배를 맬 수 있다.

산수에 빠진 오래된 내 병이여
주인과 나는 서로 보고
서로 연민을 나눈다.

遙看林下起人烟，山盡江開意豁然，誰家樓閣臨無地，絶壁星河仰有天，
一條巖徑纔通馬，數丈沙灘可措船，泉石膏肓吾病久，主人相見也相憐.

07 이별하면서 어찌

동쪽으로만 굽어흐르는 물길이여
비가 많지 않으리란 걸 나는 안다.

신령한 용은 스스로
금연못에 있고
날아가는 학은 돌아와서
절벽 절반을 지나간다.

이별하면서 어찌
며칠 동안 그리움이 없겠는가
수심에 잠겨 오직
〈오희가〉를 부를 뿐.

천 년 후에라도
지금처럼 푸른 산하에서
서로 만나봅시다.

曲水東流復若何，吾知苔雪未爲多，神龍自據金潭在，飛鶴還從半壁過，
別去豈無三宿戀[8]，愁來惟有五噫歌[9]，關令[10]老君千載後，如今相遇碧山河.

1 군재(郡齋) : 고을 수령이 거처하는 집.

2 양매(楊梅) : 비파(枇杷). 노귤(盧橘)이라고도 함. 10월에 꽃이 피어 11월에 열매가 맺었다가 이듬해 5월에 익음.

3 박첩(薄牒) : 얇은 종이로 엮은 시를 적는 공책.

4 연화(烟花) : 화려한 봄꽃.

5 풍재(風裁) : 풍모, 풍도, 풍채.

6 심경(心經) : 송나라 진덕수(眞德秀)가 경전과 도학자들의 저술에서 심성 수양에 관한 격언을 모아 편집한 책.

7 소미(少微) : 소미성(少微星). 처사성(處士星)으로, 소미성이 희미하거나 떨어지면 인간 세상의 처사(處士)가 죽는다 한다.

8 맹자가 제(齊)나라를 떠나면서 3일 동안이나 제나라 동남쪽에 있는 주(晝)라는 고을에서 머물고 간 고사를 말함. "내가 3일을 머물고 주 땅을 떠난 것은 내 마음에는 오히려 빠르게만 여겼다. 왕이 마음을 고치기를 바라니 왕이 만일 마음을 고쳐먹는다면 반드시 나를 돌아오게 할 것이었다.[予三宿而出晝 於予心 猶以爲速 王庶幾改之 王如改諸 則必反予]"《孟子 公孫丑下》

9 오희가(五噫歌) : 후한(後漢) 때 맑은 지조의 소유자 양홍(梁鴻)이 경사(京師)를 지나가며 다섯 번 탄식했던 시를 말하는데, 건축 공사에 시달리는 백성의 고달품을 비통하게 읊고 있다. 《後漢書 梁鴻傳》

10 관령(關令) : 변방을 지키는 관직 수령.

가산架山 유람

游架山
가산을 유람하다.

발로 걸으며 살아온 것은
어쩔 수 없지만,
명산名山은 오히려
온 힘을 다하여 올랐다.

국화로 담근 술을 마시며
세 고을의 벗들과 어울리다가
단풍 깊은 곳에서
한 스님을 만났다.

고요한 절에 말이 운다.
절 남쪽에는 달이 떠 있다.
사람 말소리는 가만가만
불 밝힌 북쪽 방에서 들려온다.

하늘 기둥은 높아서
비교할 수 없겠지만,
아마도 이곳이
가장 높은 곳은 아닐 것이다.

脚步生來判不能, 名山猶自盡情登, 纔因菊飮同三郡, 直到楓深得一僧,
寂寂馬鳴南院月, 蕭蕭人語北房燈, 吾看天柱高無比, 是處還非第上層.

이별하며 주다

留別
이별하며 주다.

이별하는 마음을
말로는 다 표현하기 어렵다.
다만 두려운 것은
날이 함부로 저무는 것이다.

아녀자라고 어찌
흐르는 눈물이 없겠는가,
길 가는 사람에게도
아끼는 논밭이 있지 않더냐

단풍 숲 달리는 말발굽에
가을이 흔들리고,
연잎에 비치는 옷 적삼에는
술 흔적이 묻어 있다.

꿈속에서도 자주 가는
영귀정永歸亭 북쪽
숲속 작은 집

此時懷緒不須言, 却恐支離抵日昏, 兒女安能無涕泣, 行人亦自有田園,
楓間馬足翻秋色, 荷裏衣衫帶酒痕, 他日夢思頻到處, 詠歸亭北小林軒.

정情 끊기 어려워

贈別洪玄風弼周
떠나는 현풍 홍필주에게 주다.

옛 동갑내기 친구가
동서를 헤매고 있어
마음 아프다.

푸른 바다 빛도 하루에
세 번이나 바뀌는데,
신선들은 어떻게
다시 오는 인연을 얻는가?

정情 끊기 어려워
잔나비가 애를 끊는다.
훗날 기러기에게나
소식 전하리라.

끊임없이 흐르는 낙동강
내일 아침 배를 타고
돌아갈 일이 한스럽다.

永嘉府¹裏舊同年, 行住東西益恨然, 滄海正當三變日, 玄都²安得再來緣,
離情已判猿腸斷, 信字須憑鴈足傳, 可恨洛江流不盡, 明朝還肯放歸船.

......

1   영가(永嘉府) : 안동도호부(安東都護府). 영가(永嘉)는 안동(安東)의 옛 이름.
2   현도(玄都) : 신선들이 모여 사는 곳.

갈 길은 멀고

同尹金山北樓小酌
윤금산과 함께 북루에서 술을 마시며

심란한 마음
나막신 신고 성문을 나선다.
갈 길은 멀고
날은 이미 저물었구나.

비바람 지나갈 때
수각水閣에 오르니
소와 양 돌아가는 곳이
산마을인 것을 알겠다.

비단 같은 강줄기가 길어서
사람 마음을 끌어당기고
가을은 칼날보다 예리하게
나그네 넋을 끊는다.

금릉金陵의 경치 좋은 곳에
지방관 치적이
봉황대에 남아 있는지 물어보자.

愁來理屐出城門, □□□□日已昏, 風雨過時臨水閣, 牛羊歸處認山村,
江長似練牽人意, 秋利於刀斷客魂, 借問金陵形勝地, 使君治蹟鳳臺存.

그대 말을 듣고

同柳河陽游詠歸亭
유하양과 함께 영귀정에서 노닐며

관청의 성 동쪽으로
들길이 열려 있다.
한 해 몇 번이나
이 누대에 올랐던가

버들가지는 띠처럼 늘어지고
다시 본 연밥은 술잔처럼 크다.

□□□□□□□,
길이 합쳐지며
먼지가 흩날린다.

산수가 좋다는
그대 말을 듣고
어제는 말 타고
하양河陽에 찾아왔다.

太府[1]城東野逕開, 一年凡有幾登臺, 初看柳線長於帶, 復見蓮房大似杯,
□□□□□□□[2], 道高還合□塵埃, 知君未必非清岳, 昨日河陽[3]匹馬來.

· · · · ·
1 태부(太府) : 관청 이름.
2 실전(失傳) 부분.
3 하양(河陽) : 오늘날 경북 경산의 옛 지명.

내일 아침 술이 깨면

游達城
달성에서 놀다.

일찌감치 일어나 수레를 타고
군성郡城을 떠났다.
이를 본 주민과 관리들이
일제히 환호한다.

국화 있는 곳에
산 막걸리 익어가고,
백조 날아올 때
들에선 피리 소리가 맑다.

문자文字라는 건 이미
세상의 복잡한 일이란 걸 알았고,
내 인생을 공명功名이
그르쳤다는 것을 깨달았다.

내일 아침 술이 깨면
돌아가려 한다.
물고기와 벼가 풍성한 강남이
가는 길에 비껴서 있다.

早起藍輿[1]出郡城, 但看民吏有歡聲, 黃花在處山醪熟, 白鳥來時野笛淸,
文字已知成物累[2], 功名終覺誤吾生, 明朝酒醒須歸去, 魚稻江南一路橫.

1 남녀(藍輿) : 쪽빛 장막을 두른 수레.
2 물루(物累) : 몸을 얽매는 세상(世上)의 온갖 괴로운 일.

우는 새 다시 돌아와

游桐華寺
동화사에서 노닐며

흰 돌과 맑은 시내가
갈수록 깊어진다.
이곳이 왜 시 읊기에
알맞은 곳인가를 알겠다.

서로 얽힌 것을 스스로 풀어
고향 꿈이 이어지고
우는 새가 다시 돌아와
나그네 마음을 말해주는 듯싶다.

상국相國은 시야가 높아서
북두성을 바라보시겠고,
선생은 찾아가는 것을 좋아하여
남금南金에 이르렀다.

선가禪家는 따로 있지 않고
인연으로 존재하거늘,
어떻게 명산을 다시 찾아갈거나.

白石淸川去益深, 須知此處合長吟, 交藤自解牽鄕夢, 啼鳥還能話客心,
相國望高瞻北斗, 先生訪好抵南金[1], 禪家不有因緣在, 何以名山得再尋.

......
1 　남금(南金) : 남금강(南金剛). 정읍 내장산의 이칭임.

내일부터는 또

丁酉除夜
정유년 제야에

지루하게 3년을 떠돌다가
비로소 집에 돌아왔다.
아내와 아들이 모두
내 하얀 귀밑머리에 놀란다.

헛된 세월
올해만 보낸 것이 아닐 텐데,
닭이 울고 날이 새면
내일부터는 또
어떻게 살아야 하나.

倦遊三載始歸家, 妻子皆驚鬢髮華, 不獨今年成棄擲[1], 鷄鳴天曙可如何.

<hr>

·····

1   기척(棄擲) : 던진 채 내버려 둠.

배로 건너가는데

同朴明府恒來訪柳二山洛中[1] 戊戌
명부 박항래와 함께 이산 유낙중을 방문하여, 무술(1898)

들녘에서 배로 건너가는데
봉창蓬窓도 없고,
내가 떠나가자 바로
한낮의 종소리가 들려온다.

소금이 나는 바다는
마을 바로 앞에 있고,
약초 캐는 산은 고을 뒤
산봉우리와 닿아 있다.

늙어서도 임금을 못 잊는
두보杜甫가 가련하다.
가난하면서도 손님 대접을 다 하는
모용茅容을 인정한다.

소나무 문과 대나무 길은
사는 곳과 가까워
열흘이나 한 달 내외로
한두 번은 만난다.

野渡孤舟不設蓬, 吾行政及午初鐘, 魚鹽海接村前水, 藥草山連郡後峰,
老不忘君憐杜甫, 貧能供客許茅容[2], 松門竹徑居相近, 旬月猶堪一再逢.

1 '求禮同朴明府恒來訪柳洛中 戊戌'(『해학유서』의 詩題)
2 모용(茅容) : 중국 후한(後漢) 시대의 인물. 마흔이 넘도록 농사짓고 살았다. 하루는
   곽임종(郭林宗)이라는 사람이 모용의 집에서 하룻밤을 잤다. 이때 모용은 닭을 잡아
   자기 어머님을 드리고, 곽임종에게는 채식(菜食)으로 대접하였다. 곽임종은 모용이
   어진 사람이라는 것을 알고 학문을 권하여 모용이 훗날 큰 덕망이 있는 사람이 되었
   다고 한다.

정강남鄭江南의 농장

│ 午後歷至鄭江南庄舍滯雨 四首
│ 오후에 정강남의 농장을 방문하였다가 비로 체류하다.

01

시편詩篇으로
세모歲暮를 읊는데
사군使君이 말 타고
촌가村家에 도착했다.

산중 다리 위에서
계장초鷄腸草를 짓밟았고,
들녘 밭머리에서는
시드는 아편꽃를 보았다.

술에 취하여 손에 든 술잔
떨어뜨릴까 걱정하면서도
눈 어두워 글자가 틀어져 보이는 건
그냥 무던하게 여긴다.

오동나무와 대나무에
한밤중 비가 내리는데
등불 바깥에서 부스럭거리는
까마귀 소리가 들린다.

現有詩篇答歲華, 使君騎馬到村家, 山橋踏破鷄腸草, 野圃看殘鶯粟花,
醉手把盃猶恐墜, 昏眸書字不妨斜, 娟娟梧竹三更雨, 燈外時聞起宿鴉.

02

한가하게 살면서도
약간의 물건은 있기 마련
나귀 끌고 가는 사람이
채찍질도 스스로 알아서 한다.

손님은 소탈하여 옷이 젖더라도
비가 싫지 않고.
관원은 청렴하기가
날인 없는 문서도 예사로 여긴다.

푸른 초원은 가는 곳마다
물이 가득하고
백조가 올 때는
산이 문득 낮아 보인다.

부질없는 생각인지
집에 있는 배를 고쳐서
돌아오는 길에
이 맑은 시내에 띄우고 싶다.

閒居亦有些東西, 驢使人牽策自提, 客簡不嫌衣濕雨, 官淸無恠印乾泥,
靑蕪去處水應滿, 白鳥來時山忽低, 空憶吾家治釣舫, 卽從歸路到淸溪.

03

일찍이 도회지에서
조회가는 대신을 알고 있어서

서로 어울리려고 하나
이미 늙은 것을 어떡하랴.

바닷가에서 전원으로 돌아오니
일하기엔 이미 늦었고
산에서 자주 병을 다스린다.

고기 잡는 길목에는 불빛이 비치고
도착하는 배를 볼 수 있다.
물가에 부는 미풍은
학이 지나가는 소리 같다.

정군鄭君은 진정한 은사이니
제대로 숨어살던 정군에게 부끄럽다.
살림집 문턱까지
등나무 덩굴이 기어든다.

曾於市陌識朝珂[1], 雖欲相從奈老何, 海上歸田行已晚, 山中養病得猶多,
魚梁[2]落火看舟到, 野水微風聽鶴過, 慚愧鄭君眞隱是, 一家門逐入藤蘿.

04

비가 부슬부슬 내리다가
멀리 사라지더니
서늘한 누각으로부터 다시
내리고 그치기를 반복한다.

집들과 산빛은

푸른 눈썹처럼 보이고
고을 풍광은
한 줄기 흰빛이다.

촛불은 다 타고
술 마실 때도 지나갔다.
저녁 밥상이 닭 우는 아침까지
그대로 놓여 있다.

주인은 진지하게
더 머물 것을 묻는다.
외로운 학 한 마리가
안개 속 하늘에서 떨어진다.

餘雨靠微去眼遙, 更從凉閣作生消, 千家岳色看靑黛, 一郡江光見白條,
燭跋已經沽酒夕, 槃飱³初具淪雞朝, 主人珍重相留意, 獨鶴孤烟落九宵.

• • • • •
1 조가(朝珂) : 대신(大臣)이 조회를 갈 때 타는 말.
2 어량(魚梁) : 물이 흐르는 곳에 통발 따위를 놓아서 고기를 잡는 장소.
3 반손(槃飱) : 반손(盤飱). 쟁반에 담은 저녁밥. 저녁 식사.

가다 쉬다 하면서

晡時小晴出至西麓, 隔江望黃雲卿所居
오후 늦게 조금 개어 서쪽 산기슭으로 나갔다가 강 건너 황운경의 집을 바라보다.

소나무 도토리나무 그늘진
돌길을 돌아,
가다 쉬다 하면서
숲 언덕으로 갔다.

안온한 곳에
평상과 대자리를 펴놓고,
시원한 바람 속에
술잔을 내어놓는다.

지는 해는 탄환彈丸처럼
물에 잠긴다.
천 리 길 장강長江 소리를
앉아서 듣는다.

친구는 남산南山에 살고 있는데,
눈 크게 뜨고 보아도
남산의 구름은 열리지 않는다.

松櫟陰森石逕回, 隨行隨止到林隈, 因教穩處安床簟, 却對凉時進酒盃,
落日一丸愁裏去, 長江千里坐間來, 故人知在南山住, 極目浮雲撥不開.

말이 먼저 알고 간다

次日還到柳洛中宅
어느 날 이산 유락중 집에 되돌아와서 차운하다.

유씨柳氏네 연못 정자가
깊숙이 있어서,
사람들에게 침해받지 않는다.

문 앞의 푸른 물로
생계生計를 삼고
집 뒤의 개인 구름은
도 닦는 마음을 밝힌다.

이처럼 강산江山은
한번은 취할 만하고,
우리 손님과 주인은
시를 읊을 줄 안다.

우리는 기뻐서
좀 지나친 짓도 마다하지 않았고,
관리官吏들도 서로 바라보면서
굳이 막지 않는다.

집주인도 손님 올 때가 있어,
천석泉石 그윽한 곳에
세월이 더디기만 하다.

오랫동안 검소한 반찬이지만
고기가 부족하지 않다.
다시 찾아 길을 나선다.
말이 먼저 알고 간다.

들녘 숲 곳곳에
매실이 넉넉하고
들녘 풍속에 집집마다
대나무숲이 우거져 있다.

오늘 밤 또 서쪽 누각樓閣에
하얀 꽃과 달을 즐기며 술을 마신다.

柳氏池臺目覺深, 祇緣人事不相侵, 門前碧水占生計, 屋後晴雲證道心,
似此江山須一醉, 況吾賓主摠能吟, 歡呼不怕疎狂甚, 官吏相看亦弛禁.
主人亦在客來時, 泉石幽居歲月遲, 宿戒膳羞魚不乏, 重尋路程馬先知,
郊林處處饒梅子, 野俗家家善竹枝, 今夜又從西閣飮, 白花新月弄迷離.

늙어갈수록

留別柳洛中
이산 유제양과 이별하며 지어 짓다.

늙어갈수록 헛된 명예가 싫어,
신발 벗고 서쪽으로 돌아왔다.

강 위 나무 아래로 집을 옮기고
산중에 사는 도인道人을 찾아갔다.

그대 나이가 나와 비슷한가, 묻는다.
내 머리도 반백半白이 되었다.

말이 울자 서둘러 일어나
사립문 밖까지 나와 배웅한다.

浮名老尤厭, 脫屜遂西還, 移家江上樹, 訪道郡中山,
問爾年相近, 知吾髮亦斑, 馬鳴人已起, 相送出荊關.

밤 깊도록 비가

同朴明府遊華嚴寺
명부 박항래와 함께 화엄사에서 노닐다.

01

쌓인 문서를 청소한다.
옛 제후가 부럽지 않다.

밤 깊도록 비가
관청 재실에 내리고
다음날 거문고 들고
들녘 절로 간다.

건너기 쉬운 시냇가 섬에는
소취小翠가 살고 있고,
수풀꽃들은 오래토록
붉은빛이 남아 있다.

내 고향은 예로부터
문치文治가 있어서,
사람들이 담소하면서도
자부심이 강하다.

積有文書輒掃空, 君侯不愧古人風, 終宵德雨官齋裏, 明日携琴野寺中,
澗島易馴棲小翠[1], 林花多壽住餘紅, 吾鄕從古文治在, 談笑諸公亦自雄.

02

잠시 개었다가 다시
보슬비가 내린다.
저물도록 서루書樓에는
찾아오는 손님이 드물다.

야외野外에서
갓을 쓴 지주가 참석하고,
산중의 물고기와 새들도
스스럽게 함께 한다.

부들 싹이 물 위로 올라와
추위를 탄다.
버들꽃은 진흙 위에 떨어져
날아다니지 못한다.

우리 고을은 자연이 이처럼 좋아
10년 세월 떠돌도록
선비 차림이 부끄럽기만 했다.

乍晴旋雨轉霏微, 盡日書樓見客稀, 野外冠巾參地主, 山中魚鳥共天機,
蒲芽出水寒猶短, 柳絮和泥懶不飛, 吾郡溪岑如此好, 十年奔走愧儒衣.

03

관도官道의 티끌이 가벼워
일찍감치 허공에 씻어버렸다.
수레를 타고 동쪽으로 나가

버드나무 바람을 쐰다.

교외郊外 곳곳에
날씨는 화창하고,
모든 군민郡民은
고각鼓角을 울리며 반긴다.

사람들에게 잿밥을 권하는데
단지에 든 채소가 싱싱하다.
손님 초대장에는
붉은 인장印章이 찍혀 있다.

우리 고을은 시사詩社 모임이
오래되었다.
사람들의 넉넉한 시상詩想을
막을 길이 없다.

官道輕塵早洗空, 藍輿東出柳條風, 千家霽色郊原外, 一郡歡聲鼓角中,
齋飯侑人缸菜綠, 柬書招客印砵紅, 吾鄕詩派來應久, 況復諸生藻思雄.

· · · · ·

1   소취(小翠) : 구례에 살던 정경석(鄭卿錫)을 말함. 소취(小翠)와 성재(惺齋)라는 호
    를 씀.

시인의 적삼에는

贈宋厚春
송후춘에게 주다.

압록 남쪽에서 만나
술을 마셨다.
진달래꽃 지고 해는 길다.

가난해서 행랑行囊에는
거문고와 책만 있고,
늙어갈수록 시인의 적삼에는
묵향墨香만 풍긴다.

초반 고생은 걱정할 일이 아니다.
만년晩年에 거둘 것을 계획해야 한다.

이미 보인 백발白髮을
빌려줄 수도 없는데
한식寒食과 청명淸明에
어찌 이리 바쁘기만 한가?

樽酒相逢鴨水陽, 杜鵑花盡日初長, 貧來行橐惟琴譜, 老去吟衫渾墨香,
世路不須憂攀桂[1], 功名猶自計收桑[2], 已看白髮不相貸, 寒食淸明何太忙.

•••••

1 찬계(饌桂) : 찬계취옥(饌桂炊玉)에서 나온 말. 객지에서의 고생스러운 생활을 비유
한 말. 전국시대에 소진(蘇秦)이 초(楚)나라에 간 지 3일 만에야 위왕(威王)을 만나
보고는 바로 떠나려 하자, 위왕이 왜 급히 떠나려 하느냐고 물으니, 소진이 대답하
기를 "초나라에는 밥이 옥(玉)보다 귀하고, 땔나무는 계수나무(桂)보다 귀하며, 알
자(謁者) 만나기는 귀신 만나기만큼 어렵고, 임금 만나기는 천제(天帝) 만나기만큼
어려운데, 지금 신(臣)에게 계수나무로 옥밥을 지어 먹으면서 귀신을 통하여 천제를
만나도록 하시렵니까?"고 한 데서 온 말이다. (『전국책(戰國策)』「초위왕(楚威王)」)
2 수상(收桑) : 젊은 시절에 낮은 관직을 전전하다가 만년에 높은 관직에 올랐다는
말임. '상유(桑楡)'는 뽕나무와 느릅나무로 지는 해의 그림자가 이 나무의 끝에 남아
있다 해서 해가 지는 곳인데 만년을 가리킨다. 《後漢書 卷47 馮異列傳》

강물에 하늘이 담겨

朴明府恒來席同柳二山濟陽黃梅泉玹小飮
명부 박항래 자리에 이산 유낙중, 매천 황현과 함께 술을 마시다.

4월 강물에
하늘이 담겨 있다.

누각 자리를 옮겨 앉자
문득 바람이 분다.

민가는 산 그늘을
벗어나지 않고,

관청 문은 저자 소리에
조용히 묻혀 있다.

연못 올챙이 꼬리가 사라지고
부평초는 푸르다.

들판에서 새가 새끼를 부화하자
보리가 익어간다.

백리 안개 속에도
치적治績을 남겼으니,

사군使君께서는

시만 잘 짓는 것이 아니었구나.

江湖四月水涵空, 移坐東樓却有風, 民屋不移山影裏, 官門猶靜市聲中,
池蛙脫尾萍初綠, 野雀成雛麥正紅, 百里烟火治績在, 使君不獨是詩雄.

반딧불

螢
반딧불

남쪽에는 일찍
따뜻한 바람이 불어
4월에 벌써
반딧불이 보인다.

활기찬 강가의 꽃들이
어두워 가고,
한들한들 들풀은
푸르기만 하다.

작은 생물은
누가 돕지 않아도
조화造化를 잠시도
멈추지 않고 깜박거린다.

다행히 그 빛이 있어
제 모습을 깜박깜박 보여준다.

南州風候早, 四月已看螢, 脈脈江花暗, 依依野草靑,
微生無所補, 造化不相停, 幸爾光明在, 猶能自鑑形.

새 대나무

新竹
새로운 대나무

청황靑黃빛 새 대나무는
아직 단단하진 않지만
울타리 사이 비바람 속에서
이미 훌쩍 자랐다.

주인은 기다렸다가 베어서
긴 상앗대로 만들어
서강西江 낚싯배에
팔려고 한다.

新竹靑黃未到堅, 籬間風雨已翛然, 主人待取長竿去, 買下西江一釣船.

288

이웃 노인을 모시고

雨中書感
빗속에 느낀 바를 적다.

대나무 베개와 등나무 평상뿐인
깨끗한 방에
이웃 노인을 모시고
날씨가 맑을지 점쳐본다.

밭머리에 겨우 빗물이
스며드는 걸 보는데
갑자기 별스런 구름이
산허리를 따라 일어난다.

하늘은 치우치지 않기가
오히려 쉽지 않은데,
사람들은 하늘 원망하기를
어찌 가볍게 여길까?

신령한 우禹임금은 스스로
홍수를 다스리는 기술이 있어서,
띠집에서 태평시대를 이루는데
방해가 되지 않았다더라.

竹枕藤牀一室淸, 强邀隣叟乞占晴, 纔看水到田頭歿, 却怪雲從岳帶生,
天在適中猶未易, 人於怨上亦何輕, 神禹自有治洪術, 不害茅宮致太平.

강물이 넘쳐

江漲
강물이 넘쳐

지난밤 강을 가로질러
삼각주가 유실되더니
북쪽 언덕과 남쪽 제방이
모두 같아졌다.

귀 뒤쪽으로 오랫동안 들리는
우레 끊이지 않더니
눈앞에 오직 보이는 것은
꽉 찬 구름뿐.

저 멀리 바다로 들어가는
섬진강 제방이 보인다.
곧바로 도원을 찾아
마이산으로 가고 싶다.

이 바람과 파도도
내 귀환길 조각배를
막지 못할 것이다.

橫江昨夜失洲潭，北岸南提也一般，耳後久聞雷不斷，眼前惟見雲無間，
遙知入海蟾津堡，直欲尋源馬耳山，但此風濤不可犯，扁舟與我且須還.

생각

思
생각

곡례曲禮에서 단정하다는 게
깊이 생각하는 것이라고 들었다.
이 공부工夫는 생각도 나기 전에
이미 존재한다는 것이다.

맴돌더라도 마음 떠나는 것을
허용하지 않고
응결되는 눈썹미를
볼 수 있어야 한다.

처음에는 매어둔 잔나비처럼
늘 곁에 있겠지만, 나중에는
달리는 말처럼 어디로 가려는지
알 수 없는 게 생각이다.

원래 한 가지만 알면
착오를 일으키기 쉽다.
성인과 우인愚人의 차이도
누가 쉽게 가릴 수 있겠는가.

曲禮[1]曾聞儼若思, 功夫只在未萌時, 紆回不許離胷次, 凝結還應見眼眉,
初似繫猿要自在, 終如奔馬欲何之, 原知一念成差繆, 爲聖爲愚却待誰.

1 『예기』의 편명.

감로천 甘露泉

同朴明府恒來遊泉隱寺
명부 박항래와 함께 천은사에서 놀다.

01

지리산 산속에 있는
감로천甘露泉은
원천이 백 길 높이에 있어
우러러 쳐다본다.

그곳엔 불성이 담겨 있어
허공에 떠 있고
위로는 신선이 사는
소유천少有天이 접해 있다.

군수의 이번 행차는
참으로 좋은 일이고
지난밤엔 절간에서
잠도 편히 주무셨단다.

찻사발로
푸른 구름을 마시면서
스님들과 마주 앉아
지나온 한 해를 주고받았다.

智異山中甘露泉, 源頭百丈仰看懸, 中涵佛性虛無地, 上接仙家少有天[1],
郡守今行眞好事, 禪家昨夜且安眠, 茶甌酌取蒼雲色, 坐與諸僧話昔年.

293

02

절에 감천甘泉이 있다고 들었다.
한번 마시면 폐병도 없앨 수 있다고 한다.

말발굽을 햇볕이 비추고,
매미 소리는
날씨가 서늘해지면서 많이 들린다.

관청 부엌에 술이 있어
사람들은 모두 취하고
선방禪房에는 티끌 하나 없어
손님들이 잠을 잔다.

어찌하면 집을 옮겨
가까운 곳에 살면서
차 화로 곁에서 경전을 읽으며
남은 인생을 보낼 수 있을까.

曾聞寺裏有甘泉, 一飲能除胸膈懸, 馬足政交初霽日, 蟬聲多在欲涼天,
官廚有酒人皆醉, 禪室無塵客自眠, 安得移家相近住, 茶爐經卷送餘年.

03

들 절로 돌아와
감로 샘을 찾아간다.

이끼 빛 들쭉날쭉한
돌계단이 걸려 있다.

활짝 갠 풍경이
유달리 교외에 많고
싸늘한 바람은 언제나
숲 하늘에 남아 있다.

관청 술은 바다처럼
많이 마실 수 있지만
나그네 베개는 가을처럼
도리어 잠이 부족하다.

정토 세계 응답하지 않고
백발만 자라는데
술잔 앞에서 웃으면서
스님 나이를 물어본다.

歸來野寺覓甘泉, 苔色參差石磴懸, 霽景獨多郊外地, 凉颸常在樹中天,

官醪似海須多酌, 客枕如秋却少眠, 淨界不應生白髮, 尊前一笑問僧年.

1   소유천(少有天) : 중국 하남성(河南省)에 있는 골짜기 이름인데, 여기에서는 선경
    (仙境)을 뜻함.

매미 소리

01

나이 오십에 공명은
괴롭도록 더디게 온다.
가을 되어 쓸쓸한 절간에
술자리를 연다.

매미는 높은 나무 위로
다시 올라가 우는데
게으른 말은 돌아와서
오직 야대에만 머문다.

세상 창조물은 모두
변하지 않는 것이 없다.
빼어난 시도
각자의 재능에 달려 있다.

나에게 벌레와 물고기는
아무런 은혜나 원한이 없는데도
마음을 끌여당겨 오늘에 이르렀다.

五十功名苦遲回, 秋來蕭寺一尊開, 鳴蟬忽復乘喬樹, 倦馬還須住野臺,
造物莫非相與化, 高吟上是各因才, 蟲魚於我無恩怨, 牽動情思此日來.

02

어떤 소리는 높게
어떤 소리는 낮게 들리어
회화나무와 오동나무
가지가 찢어질 듯 운다.

적막 속 종소리 성글더니
스님은 문을 닫고
대자리에 있던 나그네가
쓸쓸히 누대에 오른다.

울어대는 너는
무슨 일을 구하려는가?
우는 재주도 없는 나는
부끄럽기만 하다.

바다 가을바람이
이곳까지 이르렀다.
술잔 앞에 홀로 서서
귀거래사歸去來辭를 읊는다.

一聲高切一低回, 遂把槐梧盡裂開, 寂寂疎鍾僧閉院, 蕭蕭凉簟客登臺,
鳴號爾自求何事, 感慨吾猷愧不才, 湖海秋風從此至, 樽前獨起賦歸來.

03

잠깐 그쳤다가 수백 번이나
맴돌며 매미는 울어댄다.

절 문은 누구를 향해
대숲 사이로 열려 있는가

산 성곽을 가로질러
저녁 빛을 바라본다.
문득 누대를 흔드는
서늘한 바람이 분다.

저물도록 우는 매미 소리
알듯 말듯 다가오는 그 뜻을
부끄럽게도 다 헤아리기 어렵다.

인생길 이미 싫어진
생각만 해도 괴로운 가을이
또 다가온다.

乍歇旋鳴幾百回, 寺門誰向竹間開, 纔看夕照橫山郭, 忽覺涼風動野臺,
盡日叫號知有意, 他時騰擧愧無才, 人生已厭秋思苦, 況復年年見爾來.

부슬부슬 내리는 들비

留華嚴寺小飮
화엄사에 머물며 술을 마시다.

부슬부슬 내리는 들비
빗줄기도 보이지 않는다.
그대를 호젓한 절에서 만나
눈썹을 한번 펴본다.

가난 때문에
시詩는 그만 두었지만
술잔은 어찌
병들었다고 사양하랴

한밤중 산새는 괴롭게 울고
계곡에 피는 꽃은
봄 날씨가 차가워 더디게 핀다.

선가禪家의 세월도
인간 세상과 같은지
새벽 시간에 다시 종이 울린다.

野雨霏微不見絲, 逢君蕭寺一開眉, 詩篇縱已緣貧廢, 酒盞何曾以病辭,
山鳥夜深啼自苦, 澗花春冷發偏遲, 禪家歲月猶人世, 却報更鐘第五時.

사립문 열어놓고

▌贈趙小雅¹ 二首
▌조소아에게 주다 2수

01

사립문 열어놓고
그대를 기다린다.
그대 가마가 겨우
절에서 돌아온다.

늙어서도
시심을 억제하기 어렵다.
봄이 찾아와
노닐며 감상하기에 바쁘다.

도연명陶淵明 사는 집안에는
술이 많고 적음을 따지지 않았고
사령운謝靈運의 누대 앞에는
단지 산이 있을 뿐이었다.

오십 나이에 나는 부끄럽게도
일찌감치 기가 죽어
반백이 된 머리칼을
다 감당할 수가 없다.

林間待客啓柴關, 藍輿²縱從蕭寺還, 老去詩情難自抑, 春來游賞不曾閒,
陶潛³宅裏多無酒, 謝眺⁴樓前只有山, 五十愧吾裏落早, 不堪頭髮已成斑.

02

몇 년이나 베개를 메고
샘물 소리나 들으며 누워 있었는데,
내 이름 알고 있는
이웃 고을이 이상하다.

늙발에 도道까지 졸렬해졌나.
떠나는 그대에게 가난한 나는
아무것도 드릴 수가 없다.

사람들 말에 의하면
오악五岳의 경치가 좋다고 한다.
쌍계로 가는 길은
더욱 맑고 깨끗하다.

이십 년 남쪽 유랑은
그 용기가 어디서 나왔던가
죽창 있는 관솔불 아래서
살아온 이야기를 나눈다.

年來一枕臥泉聲, 却怪隣州識姓名, 道拙只堪終我老, 家貧何以贈君行,

人言五岳⁵斯尤勝, 客路雙溪去益清, 二十南游何自勇, 竹窓松火話平生.

......

1   조소아(趙小雅) : 무주군수를 지낸 조성희(趙性喜)의 호이다.
2   남여(藍輿) : 의자처럼 걸터앉아서 타는 가마.
3   도잠(陶潛) : 도연명(陶淵明, 365~427). 중국 동진 후기에서 남조 송대 초기까지
     살았던 전원시인(田園詩人).

4 사조(謝朓) : 중국 동진 시기의 시인인 사영운(謝靈運, 385~433)을 말함. 그의 시는 종래의 노장류(老莊流)의 현언시(玄言詩)의 풍을 배제하고, 새로이 산수시의 길을 개척한 것으로 높이 평가되어 후세에 끼친 영향이 크다.

5 오악(五嶽) : 중국의 높은 다섯 산으로 동악(東嶽) 태산(泰山)·서악(西嶽) 화산(華山)·남악(南嶽) 형산(衡山)·북악(北嶽) 항산(恒山)·중악(中嶽) 숭산(崇山)을 말함.

비가 겨우 멎고

同朴明府恒來遊華嚴寺
명부 박항래와 화엄사를 유람하며

저 멀리 보이는 논물이
하늘에 닿을 듯 푸르다.
계속된 비가 겨우 멎고
지난밤엔 바람이 불었다.

들은 멀리 있고
사람은 강물 빛에 잠겨 걷는다.
숲이 깊고 절은
새소리 속에 자리를 잡았다.

재를 올리는 스님은
연초록빛 차를 공양하고
나그네는 앵두 가지를 꺾어
꽃잎을 잘근잘근 씹는다.

시구는 갖춰진 법령과 달라서
한마디 말만으로도
우열을 가릴 수 있겠다.

遙看田水碧連空, 積雨纔晴昨夜風, 野迥人行江色裏, 林深寺在鳥聲中,
齋僧供茗斟微綠, 座客分櫻嚼小紅, 詩句亦須官法斷, 一言猶可辨雌雄.

입을 옷도 없을 만큼

次朴明府恒來韻
명부 박항래의 시에 차운하여

고을 누각 동쪽 모퉁이에
버들꽃 날리는데
술자리 열어 사람을 잡아두고
돌아가지 못하게 한다.

하얀 구름 아래
높은 가락 끊어진 지 오래되었고
청운의 꿈아 장부의 뜻과는
다르다는 걸 마침내 깨달았다.

뽕나무 숲 있는 곳에
인가가 가득찼다.
보리 이삭 누렇게 읽어 갈 즈음엔
관원들 업무도 거의 없다.

내 보기에 수령께선
고을 백성 사랑이 깊어
한 마디로 입을 옷도 없을 만큼
청렴한 것 같다.

郡樓東角柳花飛，尊¹酒留人不許歸，白雪久知高調絶，靑雲終覺壯心違，
桑林在處人家滿，麥穗黃時吏事稀，自見使君相愛甚，一言便可賦無衣.

•••••
1 '樽'을 '尊'으로 통용하는 글자.

304

화엄사華嚴寺에서 돌아오는 길에

華嚴寺歸路同朴明府歷訪柳洛中
화엄사에서 돌아오는 길에 박명부와 함께 유낙중을 방문하다.

소슬한 절에서 돌아오는데
들에서 물이 솟아난다.
시골집 몇 곳에서나
저렇게 술을 빚었을가?

그대 집 아들은 문 가에서
손님맞이에 익숙하고
우리는 관직이 없어 발길이 가볍다.

해 지자 사람들은
저 멀리 고깃배를 부르고
미풍이 부니 나그네는
깨끗한 석루石樓로 들어간다.

강남에는 요즘에
시 짓는 사람이 적다지만,
서로 만나면 어찌
정情이 남다르지 않겠는가?

蕭寺歸來野水生, 村閭幾處釀初成, 君家有子門迎慣, 我輩無官屨步輕,
落日人呼漁艇遠, 微風客入石樓清, 江南近日詩尤少, 相視安能不起情.

단농丹農 이건초李建初를 곡하여

哭李丹農建初
단농 이건초를 곡하여

쓸쓸한 강호 생활 20년,
또 친구 하나가 줄었다.

문장과 경세가 모두 아깝다.
도산도 굶주림도 이제는 없으리라.

시신이 한성漢城 입구에 있어서,
영혼이 멀리 파주坡州까지
돌아갈 필요는 없었다.

훗날 포로捕虜를
끝내 면하기 어려울 터
죽은 사람이 살아있는 사람의
걱정거리를 알고 있는 것 같다.

(단농丹農이 한성려사漢城旅舍에서 병을 앓아누워 있었다. 내가 가서
보니 숨이 끊길 처지였는데, "우리가 포로를 면할 수 있겠는가?"라고
말하였다. 그의 나라를 사랑하는 마음이 이와 같았다. 그가 죽은
후에 서울의 벗들이 금전을 갹출하여 경주에서 장례를 치렀다.)

牢落[1]江湖二十秋, 今來又減一交遊, 文章經濟俱堪惜, 顚倒飢寒自此休,
枯骨祇須留漢口, 歸魂不必往坡州, 他年俘虜終難免, 死者應知生者愁.
(丹農病臥漢京旅舍, 余往見之, 氣息垂絶, 而日吾輩能免俘虜否, 其眷戀國家

之意如此, 沒後都中士友醵金, 送葬慶州.)

•••••
1   뇌락(牢落) : 마음이 넓고 출중하다. 쓸쓸하다.

칠의각

七義閣
칠의각

해마다 가을이 오면
석주石柱 가는 발길에
힘이 실린다.

산은 출정기 그림자로 보이고,
강물 소리는 전쟁터 북소리 같다.

양쪽 산벼랑은 요해지로
점거할 만했기에,
7명의 의사義士가 여기서
목숨을 던졌더니라.

해마다 제향祭享하는 곳에다.
재각齋閣을 지어 아뢴다.

秋來石柱路, 心膽忽崢嶸, 山似征旗影, 江爲戰鼓聲,
雙岸堪據險, 七義此捐生, 每歲精禋處, 齋房又告成.

칼집을 열 때

羅鶴皐鎭斗席送金副尉鍾振赴江界隊
학고 나진두가 마련한 자리에서 강계 부대로 가는 김종진 부위를 보내며

장군이 말 타고
용만龍灣으로[1] 떠나니
해사解使團[2] 무리가 감히
동쪽을 침범하지 못하리라.

칼집을 열 때
새벽달을 바라보고
활에 아교칠한 곳에서는
가을바람이 느껴진다.

그대는 술이 있으면
애틋이 보낼 수 있겠지만,
나는 함께 전투복을
입지 못해 부끄럽기만 하다.

이별할 때 처량悽凉했던 일을
지금도 기억한다.
달성達城 교외郊外에는
연꽃이 붉게 피어 있었다.

將軍騎馬出灣中, 解使團徒[3]不敢東, 釖匣開時看曉月, 弓膠合處覺秋風,
憐君有酒能相送, 愧我無衣可與同, 一別悽凉今記否, 達城郊外藕花紅.

•••••

1 의주(義州)의 옛 이름.
2 미상. 편자 주.
3 해사단도(解使團徒) : 해사단 무리? 미상임.

봄도 다 지났고

上巳¹翌日, 同李石湖載完·東園載崑·洪硯耘承穆·成健齋岐運·金玄巖錫圭·
韓潁湄昌洙·趙漳南昌鎬·金滄江澤榮·李滄莞慶夏, 會于太古亭. 以是日天
朗氣淸惠風和暢, 分韻得風字五排. 辛丑(1901)

삼월 삼짇 다음날에 석호 이재완·동원 이재곤·석운 홍승목·건재 성기운·현암
김석규·영미 한창수·장남 조창호·창강 김택영·창완 이경하와 함께 태고정에서
모였다. 이날을 天, 朗, 氣, 淸, 惠, 風, 和, 暢으로 규정하고 분운한데 '풍(風)'자를
얻어 오언배율을 지었다. 신축년(1901).

봄도 다 지났고
병중에 시를 읊어 부친다.

가난해도 거문고 가방은
아직 갖고 있다.
시 보따리는 늙어서
이미 텅 비었다.

풍류는 누구와 함께 할거나
세월이 아쉽기만 하다.

숲 바깥은 사람을 따라가고
꽃 사이로 길이 있어 통하는구나.

누워서 옛일을 더듬다가
다행히 공公들을 뵙고 인사 올린다.

의관과 신발을 벗어두고
뒤섞여 앉아

풀섶을 밟으며 한가롭게 거닌다.

공명은 천리마에 붙여
멀리 보내버리고
문자는 글이나 꾸미는
부끄러운 것.

덕을 우러르며 오래 칭송하고
너그러이 받아들여
가르침을 따르고자 한다.

眼看春且盡, 獨寄病吟中, 琴㑌貧猶在, 詩囊老已空,
光陰知自惜, 襟花²典誰同, 林外隨人去, 花間有路通,
纔臥尋故事, 幸得拜諸公, 雜坐除冠屨, 閒行涉草蓬,
功名遠附驥, 文字愧雕蟲³, 仰德亦頌久, 肯容趨下風.

· · · · ·
1 상사(上巳) : 삼월 삼짓날.
2 금화(襟花) : 만남과 풍류.
3 조충(雕蟲) : 문사(文詞)를 꾸미는 조그만 기예(技藝)의 뜻.

시인과 간신이 함께

술병 들고 만나자고 초대한
남쪽 성곽 누대에서
멀리 바라본다.

꽃들 사이에서 새들이 우는 곳은
관성묘關聖廟고
구름 사이 마차가 달리는 곳은
한강교漢江橋다.

세상 걱정으로 매번
미간을 찡그리는데
여관 밥 또한 볼살을 빠지게 한다.

몇 년 동안
시도詩道에만 얽혀
시인과 간신이
조정에서 함께 하였구나.

携壺挈榼許相招, 南郭樓臺一望遙, 花裏鳥啼關聖廟, 雲間車走漢江橋,
時憂每遣眉頭蹙, 旅食還敎臉肉消, 但行年來詩道盛, 高岑[1]王賈[2]正同朝.

1 고잠(高岑) : 盛唐 詩人인 고적(高適)과 잠삼(岑參)을 함께 일컫는 말.
2 왕가(王賈) : 중국 송나라 시기의 권세가 왕안석(王安石)과 가사도(賈似道)를 지칭.
   간신의 의미로 쓰임.

백발 머리로도

次洪大丘弼周韻
대구 홍필주의 시에 차운하여

그대가 관직을 그만 두고서야
어질다는 걸 알았다.
풍진風塵 속에서도 그대는
서둘지 않고 잠만 자고 있다.

관리가 되어 일찍이
술과 인연이 있기도 했었지만,
앉아 있을 전답田畓도 없어서
그대는 귀가하지 않았던 것이다.

푸른 등불 앞에서 일어나
꽃 앞의 달을 대하기도 했고,
백발 머리로 영남嶺南에서의
지난 일들을 되새겼다.

홀로 망언妄言을 끌어안고
어느 자리를 헤아렸을까?
인간의 춘몽春夢은
정말 아득하기만 하다.

自休官後認君賢, 不走風塵只臥眠, 爲吏亦曾緣有酒, 未歸還是坐無田,
靑燈起對花前月, 白首追論嶺外年, 獨抱妄言何處說, 人間春夢正悠然.

경찰이 출두하라 독촉하고,

春日述懷
봄날 술회하다.

남촌 객지 생활 길어지면서
봄이 오니 다시금
얼굴빛이 수척해진 것 같다.

산새는 사람 놀라게 하는 말을
아무렇지도 않게 우짖고,
들풀은 끝끝내
세속에 아첨하는 향기가 없다.

경찰이 통첩을 보내서
나에게 출두하라 독촉하고,
집아이는 편지로 귀향歸鄕을 권한다.

평생 의서醫書를
후회스러울 정도로 읽었지만
애석하게도 호주머니 속 처방을
아직 시험조차 못했다.

旅食南村歲月長, 春來更覺減容光, 山禽自有驚人語, 野草終無媚俗香,
警吏帖來催出客, 家兒書到勸歸鄕, 生平悔讀岐扁字[1], 可惜囊中未試方.

......
1 편작(扁鵲)의 문장, 의학서를 말함.

옥황상제

長歌 (壬寅)
장가, 임인(1902)

아름다운 여인이
지는 해를 바라보면서
함께 베개 베고 잔 봄꿈은
어디로 가버렸느냐 묻는데

산닭이 울음을 그치자
올빼미 날아오르며
깃털로 자리만 더럽힌다.

이웃집은 자그만한데
어찌나 사술詐術이 많은지,
손바닥 위에서 삼천 명의
꼭두각시를 희롱하기도 하고.

돈 받고 아승牙僧을 지어서
홀연히 구름이 일어나게도 하고.

아침저녁으로
죽이고 살릴 수 있다고 입을 열면,
말발굽이 동쪽으로 몰아오며
광채가 난다.

나는 앉은 채로 아둔하고

귀가 먹어 속임수를 당하지만
남을 속이는 사람도
죄가 없다고 할 수는 없다.

오천사백 년五千四百年 만에
옥황상제도 늙어서
그 권위를 잃고 말았나.

복福 · 선善 · 화禍 · 음淫도
결국 대답이 없고,
책임 맡은 지역의 기운도
수시로 바뀐다.

바람이 서늘하고
은하수銀河水도 비껴 있다.
갈옷 입은 사람은
오래 기다릴 수가 없다.

쓰르라미가 하늘을 보고 웃어대지만,
평생의 열정을 후회할 줄 모른다.

세월이 어찌 그대를 위해 머무르겠는가?
잠시 사이에 모든 일이
난도질을 당한 것 같다.

올해 들어 내 병이 위독해졌는데도,
다른 사람이 집에 들면
나는 오히려 그를 위태롭다고 했다.

美人看日墮西海, 一枕春夢問安在, 鷓鴣叫罷梟飛殘, 遺毛落羽徒相浼,

隣家矮短何多詐, 掌上三千弄傀儡, 便把受藏作牙僧[1], 眼前倏忽起雲靄,

朝生暮殺輒開口, 馬蹄東來動光彩, 我坐痴聾雖見欺, 欺人不得云無罪,

但恨五千四百歲, 玉帝老矣失其宰, 福善禍淫終不應, 任地氣運隨遷改,

風靈微涼河漢斜, 葛衣[2]未可久相待, 却有蟪蛄仰天笑, 平生熱性不知悔,

日月豈曾爲爾住, 須臾萬事成菹醢,[3] 正是當年身篤病, 他人入室吾其殆.

⬝⬝⬝⬝⬝

1　아승(牙僧) : 중개상인. 오늘날 브로커의 일종.
2　갈의(葛衣) : 벼슬하지 않은 사람. 은사(隱士)를 말하기도 함.
3　저해(菹醢) : 사람의 육신을 난도질하여 육장(肉醬)을 담는 혹형(酷刑)을 가리키는
　　말. 보통 처형하는 뜻으로 쓰임.

석정石亭 이정직

金藕亭觀杓別十餘年矣遇於京師喜甚有贈
우정 김관표와 이별한지 10여 년이 지나, 우연히 서울에서 만남에 매우 기뻐서
시를 지어 주었다.

01

몇 송이 노란 국화가
나그네의 시름을 일깨운다.
서로 만났지만,
이곳이 고향의 가을은 아니다.

강남에는 고기와 벼가 응당 잘 자라고
한밤중까지 희미한 등불 아래
옛날 노닐던 이야기를 했다.

多少黃花動客愁, 相逢不是故山秋, 江南魚稻知應好, 一夜疎燈話舊游.

02

그대는 일찌감치 무엇에든
얽매이지 않는 재능이 있었거니
오늘 지은 시도
옛날 체재에 얽매인 게 아니다.

어떻게 공부가 늘었는지
기이하고 놀라서 묻자,
석정石亭에게서 터득했다고 한다.

知君夙有不羈才, 今日詩非昔體裁, 驚怪如何工益進, 却言得自石亭來.

03

석정石亭은 평소에
시詩에 대한 담론을 좋아하더니,
50년 동안 조금도
노쇠하지 않았구나.

언제 다시 술동이를 가지고
버들꽃 핀 언덕 위로
그를 찾아갈 수 있을까?

石亭平日喜談詩, 五十年來不少衰, 安得重携一樽酒, 大堤堤上柳花時.

04

휴계休溪를 보지 못한 지
6~7년 되었다.
그의 귀밑머리도
나처럼 하얗게 되었으리라.

요즈음에도
시 읊기를 즐기고 있는지?
풍류와 감정이 쇠퇴했을지
마음이 아프다.

不見休溪六七年, 鬢毛應似我蒼然, 近來亦喜吟詩否, 消退風情更可憐.

05

김제 고을에서는
세 가문이 나란히 꼽히는데,
이는 호남湖南의 자랑이다.

『여헌집黎獻集』을 다시 낸다면,
바다의 진주와 산의 옥처럼 파내리라.

金堤一郡并三家, 從此湖南亦足誇, 他日有修黎獻集, 海珠山玉也搔爬[1].

. . . . .

1   소파(搔爬) : 긁어내다.

집은 가난하고 몸도 늙어

次金藕亭
김우정의 시를 차운함

01

인간 세상의 길은
분간하기 너무 어려워
온종일 남산에서
흰 구름만 바라본다.

한강은 오랫동안 개어서
비단처럼 깨끗하고
단풍 숲은 저물도록 불타듯 붉다.

나그네 신세는 아니었지만
말이나 몰고 다니며
쓸쓸한 모습으로 다시
그대를 볼 줄 생각조차 못했다.

집은 가난하고 몸도 늙어
요즘에는 지내온 내력을
듣기조차 거북하다.

人間路徑苦難分,　盡日南山看白雲,　漢水久晴澄似練,　楓林將夕赤於焚,
非緣驅遣長爲客,　不料蕭條復見君,　家自惜貧身又老,　年來經歷不堪聞.

02

고향에 편지 부치러 가는 길
어찌하여 기러기는
한 줄로 비껴 서 있나?

시름은 많은데도
벌레 소리가 낯설다.
병이 오래되어
이미 핀 국화를 보고 놀란다.

이 늙은 몸 끝내
나라에 바치려 함이 아니니,
가을이 오면 어디에 있든
집 생각이 나지 않겠는가.

얼굴과 머리카락이
너무 쇠퇴했구나,
다시 술잔을 앞에 놓고
지난 세월이 그립다.

欲寄鄕書道路賒, 如何鴻鴈一行斜, 愁多却怪蟲相語, 病久還驚菊已花,
老去此身非許國, 秋來何處不思家, 自知顔髮頹唐甚, 猷復樽前惜歲華.

세 호랑이

三虎詞
삼호사

큰 범과 중간 범이
서로 으르렁거리다가
중간 범은 다시
작은 범의 도움을 바랬다.
머뭇거리다가 기회를 보며
큰 범의 먹이가 될까 두려웠다.

세상 사람들도 대부분
작은 범의 허물을 탓하지만
나는 중간 범이 바라지 말 것을
바란 걸 책망하고 싶다.
큰 범이 비록 크다고 해도
어찌 꼭 두렵기만 하랴.
먼 길 오느라 피폐해졌고
힘도 많이 빠졌을 것이다.

주먹을 들어 그 머리통을 치면,
그 다리와 털이 흐트러지리라.
네다섯 집이 그 고기를
고르게 나누어 가니,
핏덩이가 삼만 리에 널려 있다.

아! 가운데 범의 오늘날 형세는

325

첫째는 쉬지 못하고,
둘째도 안주安住할 수 없다고 말할 수 있다.
싸우지 않으면
죽음이란 한 글자만 있을 뿐,
싸우더라도 사생死生의
두 길이 있을 뿐

어찌 이것을 놓아두고
저곳으로 달려가서
보는 사람들로 하여금
애석하고 놀라게 할까?
그대는 보지 못했는가,
온 세계가 그들 쳐부수는 것을.
모든 영웅英雄들이 박수를 쳤다.

大中兩虎見相持, 中虎還望小虎助, 因此逗遛[1]失機會, 恐爲大虎一口飫,
世人亦多咎小虎, 吾責中虎望非望, 大虎雖大何足畏, 遠來疲弊力應傷,
但能一擧推其頭, 皮毛脚足隨紛披[2], 四家五戶均分肉, 腥血縱橫三萬里,
吁嗟乎中虎今日之勢, 可謂一不休二不住, 不鬪只有死一字, 鬪有死生兩條路,
如何捨此而趨彼, 致使看官惜且驚, 君不見四海九州榢榢處, 盡是英雄拍手聲.

천연정天然亭 연꽃

天然亭賞蓮 (癸卯)
천연정에서 연꽃을 구경하면서, 계묘(1903)

석양에 서쪽 성곽을 지나간다.
연꽃이 문득 잔처럼 보인다.
성城 안에서 마차를 몰다가
누가 이를 뒤돌아보랴!
들 바깥 연못에서는
향기를 풍기고 있다.

오이를 새로 맛본다.
나그네 노릇 오래 된 줄 알겠다.
누대에서 옛날을 그리워하니
서늘한 가을이 다가오고 있다.
우리 집도 강호江湖에 있지만,
안개비를 보고 싶어도
길이 멀기만 하다.

西郭經過向夕陽, 荷花忽見大於觴, 城中車馬誰相顧, 野外池塘自在香,
苽果嘗新知客久, 樓臺懷舊近秋凉, 儂家[1]亦在江湖處, 烟雨其如道路長.

．．．．．．
1 농가(儂家) : '나'라는 뜻 이외에 여자가 스스로를 칭하거나 여자 자신의 집을 칭할
   때 사용한다.

설아雪兒처럼 긴 노래로

遊月波亭
월파정에서 노닐다.

맑은 비 더운 비로
오이가 익을 때면,
술병 들고 산에 올라
마음을 위로한다.

언덕 저편 청산은
모두 북쪽으로 향하고,
백사장의 해는
이미 서쪽으로 기울고 있다.

수풀 우거진 들에서는
아마도 운객雲客을 찾으려는 듯,
아름다운 시詩로 누가
설아雪兒를 만날 줄 생각했으리.

한강漢江은 천리千里 길,
설아雪兒처럼
긴 노래로 통곡을 해도 좋으리라

清雨熱雨熟苽時, 樽酒登臨慰所思, 岸外青山皆北向, 沙邊白日已西垂,
林郊政擬尋雲客[1], 羅綺誰料見雪兒[2], 却是漢江千里地, 長歌痛哭摠相宜.

1 선인(仙人).
2 설아(雪兒) : 당(唐)나라 이밀(李密)의 애희(愛姬)로 가무(歌舞)에 뛰어났음. 이밀은
  빈객이 멋진 시를 지으면 바로 설아에게 맡겨 노래를 부르게 했다는 고사가 있다.

보원사에서

游普元寺
보원사에서 노닐며

교외 성곽이 아득하다.
옛 절은 가을에 잠겨 있다.
성근 소나무 사이로
냇물이 맑게 흘러간다.

숲 사이로 나막신 소리 울리면서
스님은 술을 사러 가고
꽃 너머로 종소리 들으며
나그네는 누대에 기대고 있다.

요즘 고향 생각아
늘 꿈속에 어른거리는데
어디서 들려오는 노랫소리는
내 시름을 알지 못한다.

밭두렁 길가에는 동남으로
벼와 기장이 널려 있다.
어디에도 옛날 노닐던 곳임을
증명할 길이 없다.

郊郭迢迢古寺秋, 疎松細水發澄流, 林間屐響僧沽酒, 花外鐘聲客倚樓,
近日蓴鱸[1]常在夢, 誰家歌鼓不知愁, 東南稻黍田頭路, 足跡無由證舊游.

1 순로(蓴鱸) : 순갱노회(蓴羹鱸膾)의 준말. 순나물국과 농어회란 뜻으로 '고향을 그
   리워하는 마음'을 비유하여 이르는 말. 진(晉)의 장한(張瀚)이 고향의 명산인 이 두
   가지 음식을 먹고 싶어 벼슬을 그만 두고 고향으로 돌아간 고사에서 나온 말.

감옥에서 일본과 러시아가 화의했다는 소식을 듣고

獄中聞日俄和議
감옥에서 일본과 러시아가 화의했다는 소식을 듣고

지난밤 비바람이
지붕 기와를 날려버렸다.
차가운 등불 아래 유독
나만 걱정한 게 아닐 것이다.

인간 세상 어디에서
황인종黃人種이 의지할 수 있을까?
세상일들은 금년따라
내 백발白髮을 늘게 한다.

마도馬島의 돛단배는
옛길에 어렴풋하게 보이고
용천龍川의 초목草木을
가을 기운이 감싼다.

후일의 성공과 실패는
어찌 설명할 수 있으랴!
남자와 여자는 서로 손 잡고
만주滿洲로 떠나간다.

昨夜風霜裂瓦溝, 寒燈不獨一身憂, 人間何處托黃種, 天下今年生白頭,
馬島帆檣迷舊路, 龍川草木動新秋, 他時成敗何須說, 男婦相携出滿洲.

도동桃洞의 모임

桃洞小集
도동에서의 모임

복사꽃 많이 핀 곳
작은 길을 지나
관제묘關帝廟를 다시 찾아온다.

높게 누워있는 것은
바로 오늘의 일이며,
길게 시를 읊으니
옛 풍도風度가 되짚인다.

요양遼陽의 군사가 생각나고,
한강의 구름 안개는
손가락 가리키는 속에 있다.

사객詞客은 돌아가지 못하고
봄 또한 늦어진다.
글 좀 안다고 그걸로
공功을 논할 수는 없겠다.

桃花多處路微通, 尋覓重來關廟東, 高臥正爲今日事, 長吟還有古人風,
遼陽兵馬思量外, 漢水雲烟指點中, 詞客未歸春又晚, 終知文墨不論功.

황태자비를 애도하며, 대신 짓다

皇太子妃輓 代
황태자비를 애도하며 (대신 짓다)

여흥 민씨는
조선 삼대 왕후 가문으로
집안이 대를 이어
높은 벼슬을 이어받았거니.
자성은 누가 계승하고
규방의 현숙함과
출산을 이루겠는가

재능은 왕통 계승을
감당할 만했고
덕성은 세자를 낳는 데 충분하셨다.
옥간에 새긴 글과
빈궁 의례를 들어보면
모든 서책에서
여자의 행실을 경계하였다.

행실이 높고
절약과 검소함을 지녔으며
예절을 지켜
제사 음식을 잘 차리셨다.
걸출한 자식 낳기를 기대했는데,
아! 갑작스러운 보도에 놀랐다.

날이 있다고
하지 말라.
신령스러운 덕화에
내 어찌 감정이 없겠는가.
수많은 나라가
국기를 내걸어 서로 조문하고
수천의 관리가 조복을 입으니
예삿일이 분명코 아니다.

용산은 어느 곳에 있는가,
임금의 마차가 때마침 행차하신다.
궁궐에서는 남기신 은혜를 말하는데
여염에서는 곡성이 들려온다.

구름은 장막으로 이어지고
떨어지는 해는
돌아가는 깃발을 등지고 있다.
왕과 비는 슬픔에 잠겨
흘러내리는 촛대 눈물을 바라볼 뿐이다.

驪興三后族, 家世襲簪縷¹, 慈聖²誰能繼, 閨賢又篤生,
才堪承震䷍³, 德合贊離明⁴, 玉冊⁵嬪儀⁶擧, 全書女戒成,
行高持節儉⁷, 禮熟振粢盛⁸, 麟抱⁹方期望¹⁰, 鵝吹¹¹忽報驚
毋臨知有日, 神化奈無情, 萬國旗相吊, 千官服未輕,
龍山何處在, 鳳輿¹²此時行, 宮掖¹³說遺惠, 里閭聞哭聲,
寒雲連祖帳, 落日背歸旌, 兩殿哀傷意, 須看燭淚傾.

1 잠영(簪纓) : 관원이 쓰던 비녀와 갓끈. 양반이나 지위가 높은 벼슬아치 또는 그 지위를 비유적으로 이르는 말. 높은 벼슬아치들이 잠영을 쓴 데에서 유래함.

2 자성(慈聖) : 임금의 어머니.

3 진창(震愴) : 왕세자를 낳아 왕통을 이음.

4 이명(離明) : 이명(离明) : 해를 말한다.《주역(周易)》〈설괘전(說卦傳)〉에 "이는 불이 되고 해가 된다.[离爲火爲日]" 하였다. 군왕의 밝은 통찰력을 말하기도 하고, 왕위를 계승할 세자를 지칭하기도 한다. 일월(日月)의 밝음을 말한 것.

5 옥책(玉冊) : 왕실에서 책봉, 존호·시호·휘호를 올리거나 죽음을 애도하기 위해 옥간에 글을 새겨 엮은 문서.

6 빈의(嬪儀) : 빈궁(嬪宮)의 의례.

7 절검(節儉) : 절약(節約)과 검소(儉素)함.

8 자성(粢盛) : '제기에 담은 찰기장[黍]과 메기장[稷]'이라는 뜻으로 제사에 사용하는 곡식을 말함.

9 인포(麟抱) : '기린포송(麒麟抱送)'의 준말로, 기린의 재능처럼 걸출한 아들을 말함. 기린아.

10 기망(期望) : 기대.

11 아취(鵝吹) : 감탄사로 '아!'의 음차(音借).

12 봉여(鳳輿) : 임금이 타는 수레.

13 궁액(宮掖) : 궁문(宮門)의 좌우에 있는 소문(小門)이나 방사(旁舍). 여기서는 왕비(王妃)를 가리킴.

참판 민찬호와 함께

同閔參判贊鎬游老人亭
참판 민찬호와 함께 노인정에서 노닐며

이 넓은 뜰이 누구네 집이길래
하얀 돌 푸른 이끼에
발자국이 뜸하다.

산을 둘러싼 오솔길은
갈수록 멀고
누대는 물가에 자리 잡아
앉아 있으면 늘 서늘하다.

예전 노닐던 일들이
문득 지나간 봄날 꿈만 같다.
아름다운 싯귀는
훌륭한 관리를 얻기보다 어려운가.

두터이 모시는 참판이 계시어
이따금 술잔을 들고
즐거움을 함께 누린다.

誰家有此戶庭寬, 白石蒼苔踏欲殘, 徑路繞山行自遠, 樓臺臨水坐常寒,
前游忽若經春夢, 佳句難於得好官, 獨有侍郎知顧厚, 時時樽酒許同歡.

책과 차 화로가 있는 방안이

普元寺贈徐沔川載雨
보원사에서 면천 서재우에게 시를 써 주다.

책과 차 화로가 있는 방안이 맑다.
이곳에서 사귄 친구들
그 정분을 잊을 수 없다.

여러 해 나그네 되어
서경 길에 올랐는데
이르는 곳마다 들려오는 그대는
북해까지 그 소문이 났다.

애석하게도 이 풍진 세상에
고을 관리가 되었구나.
누가 알겠는가 이 나라 경영이
유생儒生에게 달렸다는 것을

하루 내내 얽매인 상태를
끝내 벗어나지 못한 채
서로 이끌어
훗날에 다시 입성하리라.

經卷茶爐一室清, 故人於此未忘情, 頻年作客西京路, 到處聞君北海聲,
可惜風塵爲郡吏, 誰知經濟在書生, 牽累一日終難免, 只得相携復入城.

지는 해가 마음에 걸려

鷺梁朴主事基俊江亭
노량진 박기준 주사의 강정에서

01

노량鷺梁의 안개낀 물은
새 가을로 들어서고
정관亭舘 집집마다
한번 놀아볼 만하다.

마을 길에 아지랑이 어른거리고,
달은 덩그러니
언덕가 누각樓閣에 걸리었다.

백사장이 눈에 가득 펑퍼짐한데
사람은 어디로 갔나.
지는 해가 마음에 걸려
나그네는 스스로 시름겹다.

노어회鱸魚膾는
왕실王室과는 무관하다.
장한張翰을 괜히
청백리로 만들지는 말자

鷺梁烟水入新秋, 亭舘家家合一遊, 嵐翠不離村裏路, 空明自在岸邊樓,
平沙滿目人何往, 落日關心客自愁, 鱸鱠恐非王室計, 莫教張翰[1]作淸流[2].

02

긴 철판鐵板 다리 다시 건너가
그대를 위해 한강 노래를 지었다.

외로운 배는 어디쯤이
강언덕인지 어찌 알까마는,
밝은 달은 넘실대며
파도를 일으킨다.

밤이 깊어 은하수는
점점 멀어지고
가을은 깨끗하여 모래 위
갈매기의 꿈이 널려 있다.

좋은 밤 술 마시는 일도
항시 누리기 어렵겠지,
술동이에 술이
얼마나 남아 있을까?

鐵板長橋得再過, 爲君題作漢江歌, 孤舟漠漠誰知岸, 明月溶溶自起波,
夜久星河光漸遠, 秋淸沙鳥夢應多, 良宵一飮難常獲, 樽酒餘存復幾何.

03

강촌에서 자고 일어나니
이른 아침에 조수가 불어,
버드나무 포구 연꽃 우거진 삼각주가
하나같이 맑다.

닭과 개는
고깃배 그림자에 놀라지 않지만
교룡蛟龍은 철차鐵車 소리를
이상하게 여길 것이다.

가을이 오면
건강 좋아진 걸 느낄 테고,
늙어갈수록
임금 저버린 것을 알 것이다.

사충사四忠祠를 향하여
내려가려는데,
들꽃이 애처로워
감히 갈 수가 없다.

江村睡起早潮生, 柳浦荷洲一樣淸, 鷄犬不驚漁棹影, 蛟龍應怪鐵車聲,
秋來自覺添强健, 老去終知負聖明, 欲向四忠祠下去, 野花怊悵不堪行.

・・・・・
1   장한(張翰) : 진(晋)나라 사람. 벼슬을 하다가 가을바람이 불자 그는 고향의 고채(菰菜)
    와 순갱(蓴羹), 그리고 노어회(鱸魚膾)가 생각되어 관직을 버리고 돌아갔다고 한다.
2   청류(淸流) : 청렴 결백한 선비.

맑고 얕은 한강은

自鷺梁雇舟至龍山浦
노량에서 배를 빌려 용산 나루터에 도착하다.

맑고 얕은 한강은
이른 아침부터 날씨가 서늘하다.
굵은 밧줄로 버드나무 언덕 가에
배를 매어 놓는다.

물 건네줄 사람 있는 곳
알지 못하겠는데
어선은 저만큼 뱃길 위에 있다.

漢江淸淺早凉天, 葛索[1]初收柳岸邊, 不識濟川人在處, 來時上道是漁船.

......
1   갈삭(葛索) : 칡덩굴의 속껍질로 만든 굵은 밧줄.

지금처럼

如今
지금처럼

5년을 서울에서
나그네로 떠도는데
매실장梅實漿이 또 익는다.

요즈음 인재 초빙을 들먹이는데,
누구네 집안이
고기잡이를 큰 공로라 하는가.

근년에는 술병으로
늘 후회가 많았고
봄이 가버리니
전원으로 돌아갈 기약도 없다.

온종일 남산南山에서
고개 들어 바라보니
아득한 구름 속에
학鶴은 어찌 홀로 더디게 날아가는가?

如今五載客京師, 又是梅漿[1]向熟時, 近日議論爭雇聘[2], 誰家勳業是漁基,
年來病酒常多悔, 春去歸田未有期, 盡日南山翹首[3]處, 茫茫雲鶴獨何遲.

1   매장(梅漿) : 매실로 빚은 장(漿).
2   고빙(雇聘) : 학식이나 기술이 높은 사람에게 어떤 일을 맡기려고 예의를 갖추어
    모셔 옴.
3   교수(翹首) : 머리를 들다. 우러러보다.

그대는 높이 누워서

與王贊之師瓚小飮 戊戌
찬지 왕사찬과 술을 마시다 (무술, 1898)

그대는 높이 누워서
사립문을 닫았다.
얼굴 보기 뜸해진 것을
이상하게 여기지 않겠다.

성城으로 들어오는 것을
깜박 잊고
이웃집 술을 사서
돌아가지 않는다.

나는 백운산白雲山을
지팡이 짚고 오르는데
세상에서 포의布衣를
사랑하는 사람은 누구인가.

평생 부끄러운 것은
거위나 오리처럼
진흙 속 먹이를 쪼아먹다가
날으는 것도 잃어버린 것이다.

自君高臥掩柴扉, 無怪伊來見面稀, 今日入城非所料, 隣家沽酒不須歸,
雲山我且携藤策, 世路人誰愛布衣, 獨愧平生鵝鴨性, 泥中飮啄失騰飛.

제비는 제비가 아니고

非鶯詞
비앵사

꾀꼬리는 꾀꼬리가 아니고,
제비는 제비가 아닌데,
어찌하여 속인의 눈은
진실을 보지 못하는 것일까.

제비와 꾀꼬리를 다만
제비와 꾀꼬리로 보지만
서시西施와 모모嫫姆가
어지럽게 얽혀 착란을 일으킨다.

마항馬港의 미인 열대여섯이
뜰 남쪽 초가집에서
임시로 묵고 있다.

지난 해 불행하게도
백의회白衣會에서는
부호富豪들이 집에서
음악 연주를 금지했다.

아름다운 가무歌舞를
고상하게 여기면서도
한성漢城에서
빈 골짜기로 도망친 것과 무엇이 다르랴!

제비는 제비가 아니고
꾀꼬리는 꾀꼬리가 아니지만
꾀꼬리 아닌 네가
또한 때를 만나지 못했다.

천하의 어진 선비는
예로부터 대부분
풍진風塵 속에 불우하였다.

이윤伊尹도 때를 만나지 못하여
신야莘野에서 밭 갈고
위수渭水에서 낚시질을 했더니라.

鶯非鶯鷰非燕, 如何俗眼無眞見, 鷰鶯只做燕鶯看, 西施¹娛姆²却相眩³,
馬港美人十五六, 僑住壇南茅覆屋, 去年不幸白衣會, 豪家富宅絕絲竹,
歌舞姸嬋徒自高, 漢城何異空谷逃, 鷰非鷰鶯非鶯, 非鶯爾亦失其遭,
須知天下材賢士, 古多落拓風塵裏, 伊呂⁴不遇湯文⁵時, 莘耕渭釣此而已.

1 서시(西施) : 춘추시대에 월(越)나라의 미녀. 월왕(越王)인 구천(句踐)이 오(吳)나라
   부차(夫差)에게 보내어 정치를 그르치게 했던 인물.
2 모모(娛姆) : 중국 황제(黃帝)의 비(妃) 이름. 추녀(醜女)였지만 현덕(賢德)이 있었다
   고 함.
3 현(眩) : 현란(眩亂), 정신을 차리기 어려울 정도로 어지럽고 어수선함.
4 여상(呂尙) : 주(周)나라 무왕(武王)을 도와서 폭군이었던 은(殷) 주왕(紂王)을 치고
   천하를 평정하게 하였다.
5 탕문(湯文) : 은(殷)나라 탕왕(湯王)과 주(周)나라 문왕(文王)의 병칭. 합쳐서 훌륭한
   성군(聖君)을 뜻함.

새는 누굴 위해 날아가는가

翠雲亭小酌 戊申
취운정에서 술을 마시며, 무신(1908)

수풀 아래 수염과 얼굴이
푸르스름해져서,
종일토록 시 읊고 술 마시며
돌아갈 줄 모른다.

산하山河는 옛날에
현해탄玄海灘으로 분리되었고
풍속은 지금 오히려
하얀 옷을 사랑한다.

땅이 외져서 들꽃이
저절로 많이 피고,
사람이 한가한데
새는 누굴 위해 날아가는가.

이곳에 있는 천석泉石은
그리 멀지가 않은데,
거마車馬는 어찌하여 이다지도
드물게 오는 건가.

林下鬚顔帶翠微, 吟觴盡日不知歸, 山河古已分玄海, 風俗今猶愛白衣,
地僻野花多自發, 人閒溪鳥爲誰飛, 此中泉石殊非遠, 車馬如何得到稀.

정오를 지나서

▌後十餘日再集
▌그 후 10여 일 만에 다시 모임

봄옷은 몸 가볍게 하는 것을
잠깐이나마 깨닫게 한다.
산과 들에 나가보니
정오를 지나서 날씨가 맑다.

동네 안의 꽃들은
사람들 눈길을 모으고
뚝방길엔 풀을 따라
말발굽이 나 있다.

명절에는
집에 술이 없을 수 없고
태평성대에는
어찌 나라에 성곽이 있었겠느냐

예로부터
금탕지金湯池로 일컫던 곳,
머리 돌려 한 번 보니
큰 강이 가로지른다.

春衣午覺渾身輕, 且試登臨越午晴, 洞裏花隨人眼在, 堤邊草逐馬蹄生,
良辰不可家無酒, 盛世何須國有城, 自古稱爲金湯地[1], 回頭一顧大江橫.

- - - - -

1   금탕지(金湯地) : 쇠로 만든 성곽과 끓는 물로 채운 연못. 방어 시설이 철통같이
    튼튼한 성을 말함.

단오를 기다리며

客舍題櫻桃
앵도를 보고 짓다.

봄 객사에서 마음 바쁜데
한 그루 앵두나무가
몇 자 길이나 된다.

붉은 열매 먹을 날을
알 수 있겠다.
남쪽으로 돌아갈 수 없어도
단오를 기다린다.

春來客舍意還忙, 一樹櫻桃數尺長, 嚼(味)紅珠知有日, 南歸不得待端陽.

일본에 가서

東詣日本泊馬關 乙巳
동쪽 일본으로 가서 마관에 머무름, 을사(1905)

가을이 오면 비바람으로
서늘함을 느낀다.
홀로 선창船艙에 기대어
나그네 시름이 깊다.

화친 조약이 구차하여
무슨 도움이 될 수 있을까.
지금도 사람들은
이홍장李鴻章을 비웃는다.

秋來風雨覺微凉, 獨倚艙門旅緒長, 和約區區何足補, 至今人笑李中堂[1].

......
1 청말 중국의 권력자인 이홍장(李鴻章)의 호.

하시모토 후사지로橋本房次郎에게

次韻答橋本房次郎
하시모토 후사지로에게 답하여 차운하다.

돛단배 출발할 때부터
이미 집을 잊었고
바람 맞는 깃발은
제멋대로 펄럭인다.

그대는 아는가, 오랫동안
내가 강도江都에 머무는 까닭을
머리를 돌리니 안개에 싸인 파도는
끝이 보이지 않는다.

自出帆時已忘家, 候風旗脚任橫斜, 知君久住江都處, 回首煙波不見涯.

홍경鴻卿 이신원李信媛 여사에게

舟中贈李鴻卿信媛女史
배 안에서 홍경 이신원 여사에게 주다.

배 안에는 모두 한성 사람들인데
갑자기 타지에서 친척을 만났다.

치마 입은 남아는
예로부터 있었거늘,

이웃 나라에서 왕래 잦은 걸
괴이하게 여기지 마시라.

舟中俱是漢城人, 忽地相逢轉地親, 裙帶男兒從古有, 隣邦休怪往來頻.

354

동경

▌東京
▌동경

만일 당시에
말을 몰아 돌아왔다면
지은 글을 새롭게
첨삭하였을 것이다.

집들은 모두 우물에
다마가와[多摩水]를 새기고
절들은 모두 구름처럼
후지산에 몰려 들었다.

초나라 나그네는
천 리 밖을 유람하고
진나라 사람은
십 년 동안 강대하였다.

배에 가득 □□이 오히려 남아돌고
여관에서는 대수롭지 않게
웃곤 한다.

一自當時御駕還, 維新制作賃增刪, 家家井刻多摩水[1], 寺寺雲來富士山,
楚客游觀千里外, 秦人强大十年間, 巊舟□□猶餘在, 旅館尋常許破顔.

•••••

1 다마수(多摩水) : 다마가와(多摩)의 물. 당시 일본 동경은 다마가와의 물을 목관을
통해 끌어다 썼음.

쿄쿠슈메曲主馬 통역通譯을 보내면서

送曲通譯主馬¹之奉天
봉천으로 가는 쿄쿠슈메 통역을 보내면서

동방으로 와서 한국어를 만나
그 기쁨이 과연 어떠한가.

다행히 같은 도관에서 보게 되었고
돌아가서는 중국 혼하混河로
부임한다는 소식을 들었다.

학문하여 관직을 이루었으니
갈 길도 멀고
맡은 일도 응당 많다.

훗날 서울에
술자리를 만들 테니
서둘러 찾아오길 바란다.

東來遇韓語, 懽喜果如何, 幸睹同都館, 還聞赴混河,
學成官自至, 途遠役應多, 他日漢城酒, 一鞭能見過.

‥‥‥
1 쿄쿠슈메(曲主馬, ?~?) : 일본인. 일제강점기에 조선통독부 촉탁 관리를 역임함.

능운각凌雲閣에 올라

登凌雲閣
능운각에 올라.

고국 있는 서쪽을 바라보면서
눈물이 흘러내리는 것은,
유랑객이 돌아가고 싶어서
그런 것이 아니다.

여러분들이
폴란드 역사를 읽었겠지만,
군왕에게 한 번도
설명을 하지 않았다.

故國西望涕淚傾, 遊人非爲憶歸情, 諸公解讀波蘭[1]史, 不向君王一說明.

......
1   파란(波蘭) : 폴란드의 한자어.

마쓰무라 유노신松村雄之進에게

贈松村雄之進[1]
마쓰무라 유노신에게 주다.

아! 이러한 사람을
나라의 인재라 할 수 있겠나.
하늘의 평가도
과연 뛰어나다고나 할까?

실상이 없는 논리로
동양의 사태를 말하는구나.
가을빛처럼 준엄하게
눈이 확 트인다.

嗟若人兮維國良, 蒼公賞鑑[2]果云長, 高談說到東洋事, 秋色崢嶸發眼匡.

ㆍㆍㆍㆍㆍ
1   마쓰무라 유노신(松村雄之進, 1852~1921) : 한국 침략 정책을 수립했던 중심 인물.
     해학 이기가 나철, 오기호 등과 함께 1906년 도일하여 松村雄之進, 頭山滿, 岡本柳
     三助 등을 만나 동양 평화와 한국 독립을 역설한 바 있었다.
2   상감(賞鑑) : 예술 작품이나 경치 따위를 즐기고 이해하면서 평가함.

세키 쇼기치關常吉에게

贈關常吉[1]
세키 쇼기치에게

동양의 최근 정세를 탄식한다.
저 군주는
큰 관점에서 보아야 한다.
한국과 청국을 기다려서
삼국이 함께 정립鼎立해야
천황의 공덕이 비로소
완성될 것이다.

東洋時事實堪歎, 惟有夫君大眼看, 待到韓淸成鼎峙[2], 天皇功德此時完.

• • • • •

1 세키 쇼기치(關常吉, 1863~?) : 일본 규슈 후쿠오카 출신의 낭인. 조선 침략을 획책
   했던 인물임.
2 정치(鼎峙) : 정립(鼎立)의 형세.

고향 편지에 눈물이 떨어져

聞潤哉被執, 士圭棄官去
윤재가 체포되고 사규가 관직을 버리고 떠났다는 말을 듣고

고향 편지에 눈물이 떨어져
차마 볼 수가 없다.
한 친구는 죄수 되고 한 친구는
관직을 버렸다.

지난 밤 바다 서쪽에서
멀리 바라보니,
잔별과 이지러진 달이
하늘 끝에서 움직였다.

鄕書和淚不堪看, 一友爲囚一棄官, 昨夜海西[1]遙望處, 殘星缺月動天端.

......

1   황해도(黃海道)의 별칭.

황성신문을 읽고

▌讀皇城報
▌황성신문을 읽고서

9년 10월 21일에
수옥헌漱玉軒 앞은
옻칠漆처럼 캄캄했다.
타국 병사가 호위한다고 들어와서
칼과 창을 울리니
문무백관文武百官 모두
다리를 떨며 무서워했다.

대사일행大使一行 60명이
긴 무지개처럼 와서
손에는 조약문條約文을 들고
입으로는 큰소리로 꾸짖었다.
새벽 별은 깜박거리고
달빛은 참담하였지만
방법이 없었던 것도 아니었다.

평일에 글을 읽을 때는
명성이 자자했지만
외부外部를 맡은 사람들은
경륜이 모자랐다.
이름을 도둑질하고 세상을 속인 것이
어찌 오래갈 수 있겠는가
본성本性이 모두 드러나서

붓으로 적을 만하다.

오백년 종묘사직이
오랑캐에게 넘겨질 줄 누가 알았으랴.
권씨權氏와 이씨李氏의 구차함을
어찌 책할 수 있겠는가!
그들 모두 벌레와 같은 존재다.

하늘은 이들 간사한 무리들을
용서치 않을 것이다.
이미 죄인 괴수가 되었으니
어찌 빠져나갈 수 있겠는가.
연못의 물이 지금도 남아 있으니,
다른 해에 부월斧鉞을 걱정할 것이 없다.

가련하다!
강석江石 한규설韓圭卨은
한결같은 소리로 통곡하였지만
하늘은 쓸쓸하기만 했다.
사람들은 놀라서 다시 보았지만
평지와 태산은
높이를 짝지을 수가 없었다.

강호江戶에 밤은 깊고
잠을 이루지 못하고 있는데
사방 벽에서 귀뚜라미가 운다.

九年十月卄一日, 漱玉軒前黑似漆, 客兵入衛刀槍鳴, 文武百官皆股栗[1],

大使六十長虹來, 手把約文口呵叱, 曉星明滅月慘澹, 此時措置非無術,
司外部者小才是, 平居讀字聲譽溢, 盜名欺世何能久, 本相露盡可題筆,
誰料五百年宗社, 此奴手裏送交畢, 權李區區何足責, 諸子不過是蟣蝨[2],
皇天不必容奸人, 既爲罪魁安得逸, 蓮池之水今猶在, 莫待他年煩斧鑕[3],
可憐江石韓參政, 一聲痛哭天蕭瑟, 衆目瞿然都改觀, 平地泰山高無匹,
江戶夜深人不眠, 四壁唧啾多蟋蟀.

......

1 고율(股栗) : 다리를 떨며 몹시 두려워 하다.
2 기슬(蟣蝨) : 사람 몸에 기생하여 서식하는 곤충으로 이나 서캐 등을 말함.
3 부질(斧鑕) : 도끼와 두꺼운 나무판으로 사람을 목숨을 베는 형구(刑具).

민영환을 애도하여

哀閔參政泳煥
민영환을 애도하여

한번 죽어서 자신을
깨끗하게 할 뿐 아니라,
천하에 신하가 없다는 책망을
면할 수 있게 되었다.

'종용從容'이라는 두 글자가
도리어 한스러운 것은,
동방에서 통곡하는 사람을
볼 수 없어서이다.

一死非徒自潔身, 免敎天下責無臣, 從容[1]二字還堪恨, 不見東來痛哭人.

- - - - -

1 종용(從容) : "성(誠)의 경지에 이르면 애쓰지 않고도 도에 맞으며 생각하지 않고도
   터득하여 자연스럽게 도에 합치된다.[誠者 不勉而中 不思而得 從容中道]"라는 내용
   이 보인다.(『중용』·「장구」 제20장)

조병세를 애도하다

哀趙議政秉世
조병세를 애도하다.

공公께서 체포되었다는 말을 듣고
죽는 것이 마땅하다고 생각하였다.
손꼽아 서쪽 소식을 기다린다.
저물녘에 하늘 한쪽에서 까마귀가 날아간다.

聞公被拘去, 意謂死其宜, 屈指待西報, 暮鴉天一涯.

공관탄

公舘歎
공관탄

사신使臣은 예로부터
그 재능이 어렵다고 했다.
조정에서는 사신使臣을
신중하게 선택해야만 한다.
열강列强이 많은 사건을 일으키는 이때,
사신使臣이라는 사람들이 어찌
화구花嘔나 한단 말이냐.

밤에는 등불을 켜고 놀다가
날이 밝아서야 잠들더구나,
녹봉이 넉넉하다보니
한가로이 돈놀이나 하고 있다.
9년 10월에 서쪽으로 가는 사람들은
한국 병탄倂呑의 계획을
가슴에 가득 품었다.

국가의 존망이 달려있을 때인데,
이별하면서 어찌
사사로운 부탁을 할 여가가 있겠는가?

당숙堂叔과 내종內從이
사이가 있는 것이 아니지만
한 마디 청탁도

두루 살필 수 없는 것이다.

가련하다. 수각水閣의
늙으신 상공相公께서는
군영軍營 죄수로 잡혀가서
통할 길이 없었다.
앉아서 본 문상객들은
응당 낯이 부끄러웠을 것이다.
쓸쓸한 천지를
석양이 비추고 있다.

使乎從古難其才, 朝廷愼擇何如哉, 況復列强多事時, 星軺[1]豈爲花鬮[2]來,
夜輒長燈明就眠, 官俸自足買鬮錢, 九年十月西行人, 呑韓一計心胷塡,
此乃國家存亡秋, 別時奚暇私相求, 堂叔內從非有間, 一言提托不能周,
可憐水閣老相公, 去作軍囚無路通, 坐看吊客應羞顔, 天地寥寥夕照中.

• • • • •
1 성초(星軺) : 사신의 수레.
2 화구(花鬮) : 일본 복권의 일종.

지금부터는 노예의 나라이니

諸生歎
유생들의 탄식

지금부터는 노예의 나라이니,
아이를 낳더라도
반드시 축하할 필요가 없다.

유학留學이 어찌 부끄럽지 않은가?
환호歡呼도 때가 있다.

아, 인심人心은 이미 떠났다.
나라의 앞날을 어찌 기약하겠는가?

여관旅館의 문도 열지 말아라.
석양夕陽에 까마귀 떼가 날아간다.

從今奴隸國, 不必賀生兒, 留學能無愧, 懽呼亦有時,
人心嗟已去, 國計況敢期, 旅舘莫開戶, 夕陽烏鳥飛.

고향 산천도 다시는

送韓伯絳甲歸國
귀국하는 백강 한갑을 보내며

고향 산천도 다시는
우리의 산하가 아니다.
채찍 하나로 서쪽으로 간들
어찌 할 수 있으랴.

한성漢城 안에도
그대처럼 충의忠義로
노여워하는 사람이 많지 않다.

故園非復我山河, 一策西歸可奈何, 四萬人家漢城裏, 似君忠憤未應多.

옥에서 나와 인천으로 압송되다

丁未六月十三日出獄, 押向仁川
정미년 6월 13일 옥을 나와 인천으로 압송되다.

돌아올 때 병사들의 호위가
그리 번거롭지 않았다.

길가에서 관리들을 바라보니
넋을 잃고 있었다.

무서운 것은 이 서생書生에게도
도리어 힘이 있어서,

강대한 이웃나라도 오히려
경계를 엄하게 한다는 것이다.

來時兵衛不須煩 (同日朝食歇啓獄扉, 出吾輩, 用繩縛手腕, 自門外載之人力
車, 日本巡査及憲兵皆持凶器, 兩行排立至停車場, 其到仁川港, 下車亦然, 已
而配搭于軍艦光濟號.[1]),
街路看官亦失魂,
切笑書生還有力,
强隣猶自戒嚴存.

......

1 같은 날 조반을 마치고 옥문(獄門)을 열어서 우리를 나오게 하여 밧줄로 손을 묶고
   문밖에 있는 인력거에 실었다. 일본 순사와 헌병들이 흉기를 소지하고 두 줄로 배열
   하여 정차장에 도착하여 인천항에 도착하였다. 차에서 내릴 때에도 그렇게 하였다.
   그리고 군함 광제호(光濟號)에 실었다.

15일 진도에 닿다

┃ 十五日抵珍島
┃ 15일 진도에 닿다.

급히 출발한 걸 보니
법원 재판이 아닌 것을 알겠다.
어찌하여 사람이
여기까지 왔는지 후회스럽다.

외로운 배는 길을 잃고
매정梅亭으로 갔다.[1]
포승줄에 묶인 무리는
줄줄이 귤치橘峙를 넘어왔다.[2]

나라가 망하는 것은 이미 결정났지만,
관청 섬돌이 바뀐 곳에 있어서
더욱 애처롭다.[3]

혜택을 많이 받은 원님에게
서로 인계했는데,
객사 문 앞에 길이 하나 열려 있었다.[4]

巫發知非法院裁, 如何人悔至斯哉, 孤舟失路梅亭去(同日已哺[5]抵珍島後洋,
換乘小輪船, 駛行數時, 水窮不得進, 遂登陸間之, 是梅亭浦, 而過郡治已三十
里矣.), 群縛成行橘峙來(領去巡査, 再加繩縛, 聯綴如魚貫然, 倒走而北, 踰橘
峙), 家國淪亡曾已決, 堂階易處更堪哀 (旣到郡, 入警部分派所, 置吾輩階下,
自去據堂而坐), 多蒙地主相傳掌, 客舍門前一逕開(小頃招致, 郡守付之而乃

372

得解, 於是郡守遣人于各店舍, 分定舘居).

•••••

1 같은 날 포시(晡時)에 진도(珍島)의 뒷 바다에 닿아서 작은 윤선(輪船)으로 바꿔탔
다. 빠른 속도로 두어 시간을 달렸는데 물이 없어 더 나아갈 수 없어 드디어 뭍에
올라서 물으니 매정포(梅亭浦)라고 한다. 그런데 본군(本郡)을 이미 30리 정도 잘못
지났다.
2 인솔하여 가는 순사(巡査)들은 다시 포박하여 물고기 엮듯이 꿰어 엎어지면서 북쪽
을 가다가 귤치(橘峙)를 넘었다.
3 이미 군청에 도착하여 경부(警部) 분파소(分派所)로 들어갔다. 우리들은 계단 아래
에 두고 그들은 본당으로 올라가 앉았다.
4 잠시 후에 군수(郡守)를 불러 인계하여 마침내 결박을 풀었다. 이에 군수는 각각의
점사(占舍)로 사람을 보내어서 거처를 나누어 배정하였다.
5 포(晡) : 신시(申時)인 오후 4시 전후를 말함.

함께 유배流配 온 사람들이 까마귀처럼 모여

居月餘土人漸相慣熟, 亦有致慰問者
한 달 남짓 지내면서 토착민들과 점점 익숙하고 친숙해지면서 또한 와서 위문하는
사람들이 있었다.

함께 유배流配 온 사람들이
까마귀처럼 모여
고을 사람들이
서로 바라보며 탄식한다.

북쪽을 돌이켜보면
머무를 곳이 없어 가련했는데,
남쪽으로 와보니 도리어
하늘 끝에 있음을 깨달았다.

들숲 곳곳에는 겨울에도
푸른 나무가 있고
어망漁網이 널린 집마다
가을 흰 꽃이 피어 있다.

먼 땅 풍토는 그리 나쁘지 않고.
사람도 그럭저럭 지낼 만하다.

同來謫客集如鴉, 邑里相看共歎嗟, 北顧可憐無地住, 南行還覺有天涯,
郊林處處冬靑樹, 漁網家家秋白花, 絕國土風殊不惡, 游人亦得耐經過.

사립문 닫고 몇 자 적는다

次尹韋觀忠夏[1]韻
위관 윤충하의 시에 차운하여

사립문 닫고 몇 자 적는다.
지난 몇 년 동안
세상과 마음이 성글어졌다.

글쓰기는 스스로 좋아서지
생계를 위한 것이 아니다.
자연경관은 좋지만
사실은 귀양살이다.

옛날 사귄 벗들은
이제 누가 남아 있는가,
내 생애에 대한 기대도
모두 허망하게 되었구나.

십 년 동안 돌아가지 못하니
얼마나 한스러우랴,
그래도 명리를 위해
옷자락을 끌고 다니는 것보다는 나으리라.

獨掩柴門坐著書, 年來己與世情疎, 文章自好非生計, 泉石雖佳是謫居,
昔日朋交誰見在, 吾生期望亦成虛, 十載未歸何足恨, 勝似名場[2]去曳裾[3].

1 윤충하(尹忠夏, 1885~1946) : 자는 상화(尙華), 호는 위관(韋觀), 1907년 나인영, 오기호 등이 주동이 된 을사오적 처단 거사에 동참하였다가 체포되어 10년 유형을 선고받았다. 일제강점기 파리강화회의 및 워싱턴군축회의 청원서 작성에 참여하였던 독립운동가.

2 명장(名場) : 명리(名利)를 추구하는 곳이라는 뜻이다.

3 예거(曳裾) : 옷자락을 끌고 다닌다는 뜻으로, 왕족이나 권세가의 집에 출입하며 빌붙어서 출세하는 것을 말함.

처음 만난 곽선생은

贈郭敎員震權
교원 곽진권에게 주다.

남해에서 처음 만난 곽선생은
오랜 인연으로 알고 지낸 듯싶다.

두곡 친구는 믿을 수 없는
황당한 말이 많았고
무정 학사는
잘못 전해진 이야기도 있다.

벗들과 술잔 놓고 대화하다
봄 꿈에 놀라고
여관에서 식사하다가
저무는 한 해를 절감한다.

군내에 6천 가호나 있는데
시편은 누구와 다시 만나
연민을 주고받을거나.

南海初逢郭敎員, 相知似有宿因緣, 杜谷[1]故人多妄說, 茂亭[2]學士亦虛傳,
朋尊話舊驚春夢, 旅食嘗新感暮年, 可歎郡中六千戶, 詩篇誰復見相憐.

•••••
1 미상.
2 무정(茂亭) : 정만조(鄭萬朝, 1858~1936).

강강술래

聞歌有感
노래를 듣고 느낀 바가 있어

호남湖南에는
늙은이들 집이 있거늘,
오늘밤 어떻게
강강술래를 들을 수 있겠는가?

인간사의 슬픔과 기쁨은
날마다 다르다.
한성漢城을 돌이켜보니
푸른 산이 많았었구나.

湖南原是老夫家, 今夜何堪聽蹋歌[1], 人事悲懽隨日異, 漢城回首碧山多.

......

1 답가(蹋歌) : 답가(踏歌). 발장단을 맞추며 손을 연이어 잡고 노래하는 것.

초목 사이로 난 길은

초목 사이로 난 길은
희미하고 까마득하다.
산에 올라보니
가을빛은 더욱 아득하다.

종묘사직을 어떻게 부칠까.
산하山河를 생각하니 가슴이 아프다.

막막한 콩밭에는
떨어지는 햇살이 비껴 있고,
멀리 보이는 소금집에서는
외로운 연기가 피어 오른다.

들녘 풍속이 순박하여,
노래 부르며 풍년을 즐기는 게
오히려 한탄스럽다.

一路微茫草樹天，登臨秋意更悠然，須看社稷終何寄，可念山河似此憐，
漠漠荳田橫落日，遙遙鹽戶起孤烟，還嘆野俗淳厖甚，猶自歌呼樂有年.

이광수 박사가 쌍계사에서 돌아와서

李博士光秀自雙溪寺歸以詩相示
이광수 박사가 쌍계사에서 돌아와서 시를 지어 보이다.

고을 사람들은 모두들
쌍계사가 좋다고 한다.
여울 서쪽의 이 절은
예나 다름이 없다.

형산衡山을 한번 보면
마음이 저절로 급해지고,
신정新亭에서 눈물이 남아
꿈속에서 운다.

왕명으로 가는 길인데
어찌 기러기보다 먼저 돌아가랴.
나그네는 언제나
새벽 닭소리보다 늦게 잠을 잔다.

혼자 쓴웃음 짓는
병든 사내 60세歲,
감성도 해가 갈수록
낮아질 것이다.

州人皆說好雙溪, 野寺依然澗水西, 衡嶽[1]一觀心自急, 新亭[2]餘淚夢猶啼,
王程安得歸先鴈, 客枕常多臥後鷄, 獨笑病夫今六十, 風情亦逐歲年低.

1 형산(衡嶽) : 중국 절강성 오흥현(浙江省)에 있는 형산을 말함.
2 신정(新亭) : 중국 강소성에 있는 정자로 동진(東晉) 시기 명사들이 술을 마시던
  곳. 국운의 쇠퇴를 한탄하며 눈물을 흘리던 곳.

쌍계사 가는 도중에

同尹韋觀忠夏尹主事柱瓚往雙溪寺道中
위관 윤충하와 주사 윤계찬과 함께 쌍계사를 가는 도중에

가다가 산언덕을 거쳐
계곡 여울을 지나니
냇가의 마을 비스듬한 입구에
해가 서쪽으로 기운다.

사람을 부끄러워하는 시골 아낙네는
몸을 돌려 서 있고,
낯선 나그네가 두려운 시골 아이는
낯을 가리고 운다.

대숲 속 누구의 집에서
개가 짖을까?
벼들 사이로 뻗어 있는 길에서는
닭을 부른다.

산에 살면
좋은 경치를 많이 보겠지만,
우리들은 길을 따라
분주히 다니고 있다.

行盡岡巒歷磵溪, 斜川洞口日將西, 羞人野婦回身立, 怕客村兒掩面啼,
竹裏誰家惟吠犬, 稻間一逕自呼鷄, 山居眼見多佳趣, 只是吾生走路低.

쌍계사에 도착하여

到雙溪寺復用前韵
쌍계사에 도착하여 다시 앞의 운자를 사용하여

저 멀리 나무꾼 있는 곳이
쌍계사雙溪寺다.
대숲과 잣나무가 푸르게 우거진 곳이
첨찰尖札의 서쪽이다.

집이 깨끗하여
손님이 머물만하지만,
스님은 가난하여
울 듯한 얼굴로 사람을 대한다.

한밤에 범종이 울리자
마을 개들이 놀란다.
아침이 오자 잿밥으로
마을 닭을 먹인다.

좋은 경치는 본래
깊은 곳에 있는 것이 아니거늘,
세속은 어찌 이리
보는 눈이 낮을까?

樵夫遙指是雙溪, 竹柏蒼然尖札西, 室淨尙堪留客宿, 僧貧便欲向人啼,

經鐘夜去驚村犬, 齋飯朝來飼里鷄, 好境原非深處在, 如何俗眼自看低.

8월 15일 밤에

八月十五夜
8월 15일 밤에

옥주성沃洲城 바깥은
바다와 산이 넓다.
하늘에는 구름 한 점 없어
밤이 더디게 온다.

늙어갈수록 밝은 달도
괴롭다는 것을 깨닫는다.
요즘 몇 년은 대부분
타향에서 달을 보았기 때문이리라.

난초꽃 적적한데
연기는 사라지고,
오동잎에 떨어지는 이슬이 차갑다.

객지에서 명절名節 보내는 것에
이미 익숙한데도,
어찌 이곳에서는
홀로 슬프고 스산할까.

沃州[1]城外海山寬, 天宇無雲夜向闌, 老去已知明月苦, 年來多在異鄕看,
蘭花寂寂烟光歇, 梧葉涓涓露色寒, 客裡佳辰[2]經過慣, 如何此地獨悲酸.

1   옥주(沃州) : 전남 진도(珍島)의 옛 이름. 해학 이기가 귀양살이 한 곳.
2   가신(佳辰) : 결혼이나 회갑처럼 축하할 만한 기쁜 날.

아들 낙조의 서신을 보고

見樂祖書有感
아들 낙조의 서신을 보고 느낀 바가 있어

우리 집안에도 예로부터
춘추春秋 대의大義가 있었으니
지금 옥주沃洲의 내 귀양살이를
후회하지 않는다.

부자父子가 서로 자리를 물려주니
누가 괴이하게 여기지 않으랴.
군자君子와 소인小人이 함께 나가면
결국 길이 없다.

어찌 자취를 끊어버리고
황곡黃鵠을 따를 수 있을까?
기틀을 아는 백구白鷗가 부끄럽다.

집을 사서 장차
늙어갈 계획을 세우려면
이렇게 마음 편한 곳이
은자의 길이리라.

吾家亦自有春秋,¹ 不悔今來在沃州,² 父子相禪誰未怪, 君宵³并進竟無由,
安能絕跡從黃鵠,⁴ 況復知機愧白鷗, 買屋將爲終老計, 此心安處即滄洲.⁵

1 춘추(春秋) : 기원전 5세기 초에 공자가 엮은 것으로 알려진 중국의 사서. 『춘추』는
  단순히 역사적 사실만을 전달하는 것이 아니라, 대의명분(大義名分)을 밝혀 그것으
  로써 천하의 질서를 바로 세우려 하였다. 여기서는 단순한 책명을 말하는 게 아니라
  춘추 정신을 말함.
2 옥주(沃州) : 전남 진도의 옛 이름.
3 군소(君宵) : 군자와 소인. 소(宵)는 소인의 뜻으로도 쓰임.
4 황곡(黃鵠) : 신선이 탄다는 새. 고니.
5 창주(滄洲) : 경치 좋은 은자의 거처.

늙은 아내에게

▌寄謝老室
▌늙은 아내에게 고마움을 부치다.

일찍 운명 같은 사람을 만난
영고榮枯를 이야기하렵니다.
여자는 남자와 다르겠지요.

어떤 부인은 팔자가 좋아
이른 나이에 배우자로
좋은 지아비를 얻기도 했지요.

나는 세상일에 간섭할 필요도 없었고,
벼슬길에 나아갈 필요도 없었어요.

평생 화류계를 피하며 살아서
이 세상에 예쁜 여자가 많은 줄도 몰랐지요.

그대는 집안에서 가족들 먹을 것만 챙겼고
자식 낳고 손자 기르는 일에만 매달렸으니
어찌 보면 어리석고 우매했어요.

그대는 이들을 어루만지고
금옥金玉도 가벼이 여기면서,
백 년을 이처럼 살아가려 했어요.

돌아보건대, 그대는

나에게 시집온 이후로
밥도 배부르게 먹지 못하고
옷도 제대로 걸치지 못했어요.

아래로는 물을 긷거나 절구질하고
위로는 시부모님을 봉양했지요.
어찌 마음에 괴로움이 없었겠어요,
겨우 30세를 지났는데도
곱던 얼굴이 다 시들었지요.

남편은 사람 사귀고
떠돌기를 좋아하여
한 해에 한 달도
집에 머물지 않았지요.

나는 아들딸 결혼도 도통 몰랐고
짧은 지팡이를 짚고 문득
서울로 가버리곤 했어요

늙으막에 관직 하나를
뜻밖에 얻어서
그 봉급으로
처자식을 먹여 살리긴 했어요

나는 사람들을 향해서
구부리거나 우러러보지 않았고,
조정의 간신배를 죽이려고도 했지요.

지금 나는 천 리 길에 유배되었으니,
하늘 끝의 이별이 한스럽기만 합니다.
비록 여러 경卿들에게
통한의 마음을 답서로 쓰려 해도
얽매인 말이 많답니다.

이것은 본래
내 사주팔자가 나빠서 그런 것이니
하늘을 원망하거나
나를 원망하지 마세요.

曾逢命客談榮枯[1], 女兒每與男兒殊, 某姓婦人八字好, 早年配得良家夫,
不必干時事, 不必趨仕途, 平生畏避桃花路, 寧識世間多美姝,
只向室中求喫着, 生子生孫痴且愚, 猶自撫弄金珠輕, 百年如是共歡娛,
顧自淑人歸我後, 食不充腸衣不膚, 下以操井臼, 上以奉舅姑,
熟有熟無心算苦, 纔過三十凋顔朱, 更兼夫子喜交遊, 一歲在家一月無,
嫁女婚男渾不知, 輒持短策走京都[2], 垂暮一官來意外, 俸餘亦可贍妻孥,
不向時人隨俯仰, 却把朝奸謀討誅, 今又爲流千里去, 天涯離別堪嘆吁,
致使卿卿長痛恨, 欲作答書辭多拘, 此乃本生時日惡, 須怨蒼天莫怨吾.

사면 소식을 듣고

十月二十一日, 聞赦書, 適鄭承旨萬朝, 相招設酌
10월 21일 사면 소식을 듣고, 승지 정만조를 찾아가 만나서 술을 마시다.

잠깐 신문을 보았는데
가슴 속이 후련하다.
귀양지 강가에서 장독을 앓고 있는데
윤음綸音이 이르렀다.

달려가는 말이 천 리가 가볍고
이제 지난 죄적은 7년이 삭제된다.

성곽 바깥 단풍 숲은
성근 비가 내리고
문 앞엔 고기잡이 불이
수많은 별처럼 반짝인다.

은원恩怨의 일들을
꺼낼 필요는 없겠지만
지난 일을 생각하니
안개처럼 암담해진다.

乍見新聞意豁然, 麻綸[1]繙到瘴江邊, 征驂自此輕千里, 罪籍[2]如今削七年,
郭外楓林疎雨地, 門前漁火數星天, 不須話起恩怨事, 今日追思黯似烟.

1 마윤(麻綸) : 임금이 관인과 백성을 타이르는 내용을 담고 있는 문서를 말함. 윤음 (綸音).
2 죄적(罪籍) : 죄인이 죄를 지은 정상(情狀)을 적은 도류안(徒流案)이나 형명부(刑名 簿) 등을 말함.

정미년 섣달 그믐날에

丁未除夜
정미년 섣달 그믐날에

눈앞에서 육십 나이가
매처럼 재빨리 달려간다.
게을러 빠져 오로지
세월 지나가는 것만 깨닫는다.

지나온 자취는 모두
후인後人의 경계가 되겠지만,
남은 인생이 어찌
다시 일어나는 것을 기대할 수 있으리.

그해에 간신을 죽이지 못한 것이
한스러워
훗날에 이릉李陵을 슬퍼하리라.

집과 나라의 경영을
모두 실패하여,
서로 바라보며 돌아갈 날만 헤아리니
외로운 등불이 부끄럽다.

眼前六十去如鷹, 自覺疎慵逐歲增, 陳跡皆堪爲後戒, 餘生那得待中興,
當年恨不刺秦檜¹, 他日知多悲李陵², 家國經營俱失敗, 相看還復愧孤燈.

1 진회(秦檜, 1090~1155) : 주전파 악비를 모함하여 죽이고 금나라와 화친한 송나라
   의 정치가. 중국 간신의 대명사로 평가됨.
2 이릉(李陵, ?~기원전 72) : 한무제 때에 장수. 흉노와 싸우다가 체포되어 흉노(匈
   奴)에서 20여 년)을 지내다가 사망하였음.

해학 이기의 우국적 삶과 한시 작품에 대하여

1. 들어가며

해학(海鶴) 이기(李沂, 1848~1909)는 조선말에서 식민지 시기로 이어지는 격변기에 활동했던 시인이자 문장가이다. 해학은 외세 침략에 맞서 투쟁하던 우국지사이자 사회 개혁을 꿈꾸던 근대사상가였다. 그는 구학(舊學)을 비판하고 새로운 교육을 내세우며 후진을 양성한 교육자이자 민중을 일깨우던 계몽운동가이기도 하였다. 한편, 해학은 우리 역사에도 관심을 보이거나 민족 종교에도 관여하였다. 해학의 생애는 길다고 할 수 없지만, 시대를 치열하게 살아가면서 다채로운 행적을 남겼다. 그리고 해학은 일상에 안주하지 않고 끊임없이 변신하며 세상을 유력하였다. 마지막도 오랫동안 집을 떠나 구국 활동을 하다가 조선 패망을 한 해 남겨두고 서울의 여관에서 굶주림과 병고 끝에 죽었다.

해학은 헌종 14년(1848)에 전라도 만경현(현재, 전북 김제시 성덕면 대석리)에서 태어났다. 이 시기는 조선 사회를 지탱해온 봉건 체제가 급격히 흔들리며 무너지는 조짐을 보이고 있었다. 특정 문중이 권력을 독점하여 국정을 전횡하고 있었고, 부정부패로 크고 작은 민란이 전국적으로 끊이지 않고 있었다. 해학이 태어난 이곳도 예외는 아니었다. 김제와 붙어 있는 만경현은 호남평야의 중심지로 농민들이 부패한 관리들의 억압과 가혹한 세금으로 시달리고 있던 곳이기도 하였다. 이것은 나중에 인근에 있던 고부에서 동학혁명이 일어남으로써 증명된다.

해학은 본관이 고성(固城) 이씨로 이름만 양반이었지 실제로는 평민이나 다름이 없는 몰락 양반의 출신이었다. 당시는 부를 축적한 평민들보다 가난한 몰락 양반들이 더 비참하던 시기이기도 하였다. 이러한 상황에서 가난한 몰락 양반의 후손들이 생존할 수 있는 방식은 많지 않았다. 신분을 포기하고 장사를 하거나 소작농으로 떨어진 양반들도 없지 않았다. 하지만 대다수는 처음에 공부하여 과거에 뜻을 두다가 여의치가 않으니까 배운 지식을 가지고 서당 훈장으로 진출하는 경우가 대부분이었다. 호남삼걸(湖南三傑)이었던 석정(石亭) 이정직(李定稷), 매천(梅泉) 황현(黃玹), 해학(海鶴) 이기(李沂)도 그랬다.

해학의 한시 창작은 바로 이러한 전통 한학에서 비롯되었다. 봉건 사회에서의 한문 소양은 과거를 통해 관직에 진출하기 위한 일종의 과정으로 주로 양반으로 한정되었다. 물론 해학이 태어난 19세기 중엽에는 평민들도 서당에 나아가 어느 정도 한문을 습득할 수 있었다. 해학도 과거에 뜻을 두었다가 마음을 접었다. 여기에는 과거 시험이 몹시 부패한 것도 있었고 가난으로 과거에 전념할 수 없었기 때문이다. 게다가 고성 이씨였던 해학은 인조 2년(1624)에 일어난 이괄의 난과 관련한 가계 문제도 있었다. 해학의 경우에는 가난의 문제가 무엇보다 심각했던 것으로 보인다.

해학은 어려서부터 한문과 한시를 익히면서 유학 경전이나 역사를 공부하였다. 10세 이전에는 천자문, 동몽선습, 통감절요를, 소년기에는 사서삼경을 배웠다. 하지만 현실을 깨닫고 과거를 단념하고 만다. 이후로 해학은 천문과 지리, 음양과 복서, 그리고 병술 등을

공부하였고, 제자백가와 노장학에도 관심을 가졌다. 그 외에 물리
·화학·정치·경제 등과 같은 여러 분야로 관심을 넓혔다. 그리고
실학에도 관심을 가져서 성호(星湖) 이익(李瀷)과 반계(磻溪) 유형원
(柳馨遠) 등의 저서를 통독하였다. 이처럼 해학이 도학(道學)으로 나
아가지 않고 실학이나 과학에 관심을 기울인 것은 오히려 그의 세계
관이나 개혁 사상에 큰 영향을 끼친 것으로 보인다.

2. 해학 이기의 삶과 한시 작품

해학은 한시 창작을 그리 좋아하지 않았다고 한다.[1] 이것은 국난
에 처한 상황에서 음풍농월을 달가워하지 않는다는 의미로 말하지
않았나 생각된다. 오히려 해학은 수심에 잠기거나 유랑하면서 곳곳
에서 한시를 남기고 있었다. 그에게 한시란 자신의 내면을 담아내거
나 현실에 대한 인식을 드러내는 유용한 수단이었다. 다만 해학은
작품 보존에는 그리 신경을 쓰지 않았던 듯하다. 그것은 해학의 오랜
유랑 생활로 말미암은 탓도 있었고, 그의 호한(浩瀚)했던 성격과도
관계가 있었을 것으로 여겨진다. 그래서 오늘날 전하는 해학 관련
자료는 집에 남아 있던 일부와 훗날 수집된 것이다.

오늘날 해학 한시는 대부분 사라졌고 현재 남아 있는 것은 전체의
극히 일부에 지나지 않는다. 자료를 보면 해학은 이미 10대부터 한시
를 지었다. 이 시기를 비롯한 젊은 시절은 고향인 만경과 김제의
호남평야를 배경으로 자연 미감을 섬세하게 담고 있다.

---

1 "余於詩文素不喜作, 作亦不收拾, 而四十五以前文字…"(이기, 『해학유고』 권1, 〈소
   여록〉)

⟨국화 꺾어 들고⟩
국화 꺾어들고 산수유는 따서
행랑에 넣으며 산에 오른다.
중양절에 괜히 마음 바쁘다.

어촌은 가깝지만 곤지(鵾池) 밖이고
상선들은 멀리 위도(蝟島) 사이를 지나간다.

취한 나그네는 모자가
바람에 날아가도 아랑곳하지 않고
스님은 공양을 마치고 돌아온다.

자주 술을 보내오는 친구가 있어
저물도록 사립문을 닫지 않는다.

九日上望海寺
菊珮茱囊徧上山, 重陽時節未曾閒, 漁村近住鷗池外, 市舶遙通蝟島間,
醉客豈嫌吹帽去, 貧僧猶解乞齋還, 故人有酒頻相送, 盡日巖扉亦不關.

⟨달빛에 얼비치는 갈대꽃⟩
두릉성(杜陵城) 가득한 가을
달빛에 언덕 너머 갈대꽃이 얼비친다.

늦게 먹는 여관의 해물들이 맛이 있다.
장삿배들은 서둘러 떠나려고 밀물을 기다린다.

니파도(尼坡渡) 입구는 한산(寒山)이 가깝고
길곶진(吉串津) 머리는 고목(古木)이 즐비하다.

부끄럽구나, 중양절 술자리에
푸른 도포 푸른 머리의 한낱 유생(儒生)이여

江湖秋滿杜陵城, 夾岸蘆花見月明, 客舘晩炊甘海味, 商船早發候潮聲,
尼坡渡口寒山近, 吉串津頭古木平, 自愧重陽樽酒會, 靑袍綠髮一儒生.

이 시는 해학이 18세인 고종 2년(1865)에 집에서 멀지 않은 망해사
(望海寺)를 가서 지은 것이다. 첫수는 망해사 뒷산에 올라 저 멀리
바다를 바라보면서 원근 모습을 그리고 있다. 둘째 수는 반대로 두릉
성을 바라보면서 바닷가의 정경을 담았다.

해학에 대한 역대 평자들은 주로 문장에 주목하였고 한시에 대해
서는 상대적으로 낮게 보았다. 이것은 해학의 한시 수준이 낮았다는
게 아니고, 그의 문장이 사회적 충격을 주며 시대를 선도한 탓이
컸기 때문으로 보인다. 그의 한시는 결코 과소평가할 게 아니다.
그가 젊은 시절에 지은 얼마 되지 않는 한시들을 보면 주로 이런
자연 미감을 담은 작품들이었다.

해학이 과거를 완전히 접을 무렵인 고종 13년(1876)에는 가난과
함께 대흉년이 들었다. 해학은 김제를 떠나 진안으로 이주한다. 이때
지은 한시를 보면 자연의 아름다운 정경을 담은 한시도 있지만, 농촌
현실을 보면서 지은 현실주의 한시가 있다.

〈진안현(鎭安縣)〉
5월이면 농가는
세금을 내야 하고 그 세금으로
고을을 빗자루로 쓸어가듯 해도
원님은 어질다며 원망할 줄을 모른다.

사람들은 서로 만나면
다른 말은 않고
다만 파리와 모기로
잠을 설쳤다는 말만 한다.

鎭安縣
五月田家出稅錢, 縣城如掃長官賢, 野人相見無他語, 但道蠅蚊不得眠.

이 시는 피폐한 농촌 현실을 우회적으로 고발하고 있는 작품이다.
압축적인 절구 형식이지만 담고 있는 내용은 예사롭지 않다. 작자로
보이는 시적 화자는 감정을 드러내지 않고 일정한 거리를 두고 농민
을 관찰하고 있다. 작자가 볼 때 현재 놓여 있는 상황은 매우 불공평
하고 잘못되었다. 농민들이 무지하거나 그것을 몰라서일까. 아니다.
농민들은 불평이나 원망하지 않고 오히려 고을 원님을 칭송하고 있
다. 그리고 말을 삼가며 파리와 모기로 잠을 설쳤다고 애써 딴청을
부리고 있다. 반어의 극치이다. 해학은 감정의 절제와 반어의 표현을
통해서 잘못된 현실을 비판하는 시적 효과를 극대화하고 있었다.
   그리고 이 시기에 가난한 생활을 영위하며 온갖 고생을 하던 아내
송씨(宋氏) 부인이 죽었다. 이때 작자의 슬픈 내면을 고스란히 담고
있는 한시가 2편이 남아 있다.

〈죽은 아내를 슬퍼하다〉
1
서른 살 나이의 유인(孺人)은
낭군이 천한 것도 가난한 것도
싫어하지 않았습니다.
난초와 혜초가 향기를 잃은 이후로

농사집은 대부분 봄을 잃어버렸지요.

2
스스로 바느질을 배운 것이
열다섯 나이
낭군님 옷이 길고 짧은 것을
대충 알아차렸답니다.
남들은 만들지 못하는
가죽 허리띠와 적삼도
낭군이 입으면 몸에 딱 맞았지요.

3
길쌈 등불이 줄어들면
기름 분량을 헤아렸고
서방(書房)께 보내서
가을을 보내라고 준비했어요.

분(粉)으로 쓴 명정(銘旌)은
낭군이 손수 썼고
지금처럼 자기 집안에서
찾아 얻은 것이랍니다.

4
단지 집안일을 말할 뿐,
자기 신변을 말하지 않았고
비녀를 뒷사람에게 주라고 유언했어요.
손수 쓴 편지를 보니 어제 일 같고
회고하며 살펴보니
다시 한번 마음이 아픕니다.

悼亡四絕

三十行年一孺人, 不嫌郎賤不嫌貧, 自從蘭蕙無香後, 却減農家太半春.
自學操針十五時, 郎衣長短慣曾知, 韋帶布衫寬大樣, 更無人製入身宜.
績燈常減數升油, 送與書房備過秋, 粉字銘旌2郎手寫, 如今政得自家求.
但言家事不言身, 遺囑鈿釵與後人, 多少手械如昨日, 一回看檢一傷神.

이 시는 아내를 사별한 직후였던 고종 14년(1877)에 지은 것이다.
송씨 부인은 남편 뒷바라지를 하면서 온갖 고생을 함께 했던 조강지
처였다. 그런 내용과 함께 아내를 보내는 남편 해학의 절절한 마음을
시로 담았다.

첫수에서는 아내가 서른에 죽었고 남편의 비루함이나 가난을 탓
하지 않았다는 것을 밝힌다. 그리고 아내가 세상을 떠나고 모든 희망
을 잃었다는 해학 자신의 내면을 드러낸다. 둘째 시에서는 아내의
솜씨와 덕성을 길쌈을 통해 말하고 있다. 셋째 시에서는 아내의 알뜰
한 살림살이와 남편에 대한 배려가 얼마나 깊었는지 담고 있다. 마지
막 시에서는 아내의 자기 헌신과 함께 세상을 떠나면서도 비녀를
통해서 남편의 뒷날을 생각하고 배려하는 마음을 담았다. 이와 함께
해학의 죽은 아내에 대한 아픈 마음을 그리고 있다. 그리고 아내의
죽음을 애도하며 스스로 입은 마음의 상처를 다시 시로 담았다.

〈아내의 죽음〉

새는 서쪽 바다에서 태어나
암컷과 수컷이 늘 함께 따라다녔지요.

---

2 명정(銘旌) : 장례식에서 붉은 천에 흰 글씨로 죽은 사람의 관직이나 성명 따위를
   적은 조기.

묵고 썩은 것은 쪼아먹지 않고,
더러운 연못 물도 마시지 않았어요

흉년을 만났는데
본래 먹을 양식이 모자랐거니.
둘이 날아와서 고을을 넘어
큰 나무의 가지 위에 살았어요.
남의 젖을 먹을 때도
한번 배부르면 아홉 번은 항상 굶주렸지요.

암컷이 병들어 드디어 일어나지 못하고
가시덤불에 버려져 있었습니다.
수컷이 날아서 고향으로 돌아와
배회하며 무슨 생각을 했는지
떠나가려다 맴돌며 다시 멈추곤 했지요.

이 마음 참으로 슬픕니다.
산은 길고 물 또한 멀리 흘러
다시 만나기는 끝내 어렵겠어요.

哭內後自傷
有鳥生西海, 雌雄并追隨, 惟不啄陳朽, 亦不飮汚池,
況是遭饑年, 本乏稻粱資, 雙飛來越郡, 寄棲喬木枝,
向人仰乳哺, 一飽九常饑, 雌病遂不起, 荊榛俱委靡,
雄翔歸故鄉, 徘徊若有思, 將行旋更止, 此情良可悲,
山長水亦遠, 會合終無期.

여기에서 새는 해학 자신과 아내의 비유물이다. 서쪽 바다는 이들
부부가 태어난 곳이다. 한 쌍의 새는 언제나 함께하였다. 그렇지만

늘 굶주렸다. 암컷은 끝내 병으로 일어나지 못하고 가시덤불에서 죽어 있었다. 수컷은 그곳을 배회하며 차마 떠나지 못하고 있다. 그리고 다시는 만나지 못한다는 것도 알고 있다.

이 시에서 해학은 자신과 아내를 한 쌍의 새로 비유하여 삶의 고단함과 짝을 잃은 슬픈 심사를 형상화하고 있다. 〈죽은 아내를 슬퍼하다(悼亡四絶)〉가 죽은 아내에 대한 아픈 마음과 슬픔을 사실적으로 그리고 있다면, 〈아내의 죽음(哭內後自傷)〉은 그러한 마음을 한 쌍의 새로 비유하여 표현하고 있다.

해학은 아내의 장례를 치르고 생계 문제를 해결하기 위해 상경한다. 그리고 얼마 지나지 않아서 부친이 돌아가신다. 이를 계기로 다시 김제로 돌아오지 않았나 추정된다. 전주 최씨와 재혼을 하였고, 아들 낙조(樂祖)를 낳았다. 이후로 대구에 가서 기식하며 유랑하였고, 그 사이에 둘째 낙손(樂孫)과 딸을 낳았다. 1891년(고종 28)에는 대구에서 프랑스 신부인 아실 폴 로베르(한국명. 김보록)와 종교 논쟁을 벌였다. 이어서 전라도 순창에 머물렀다가 폐병이 발병하였다.

다음으로 해학은 매천 황현의 권유로 10여 년간의 유력 생활을 끝내고 1892년에 구례로 이주하였다. 정황상으로 해학은 구례에서 서당을 열어 제자를 가르치며 생계를 도모한 것으로 보인다. 해학은 구례에 정착할 마음을 갖고 있었던 것처럼 여겨진다. 해학은 그동안 지은 시문을 모아 편집하였는데, 이름을 『귀독오서집(歸讀吾書集)』으로 지었다. 해학은 매천 황현을 비롯한 구례 문인들과 교류하였다. 그리고 1893년에는 보성에서 유배를 마친 이건창(李建昌)을 방문하였다.

1894년에 동학혁명이 일어나자 전봉준을 찾아가 거사를 도모하였으나 김개남의 반대로 그곳을 떠났다. 그리고 일부 동학도의 잘못된

행태에 실망하여 반대로 돌아섰다. 1895년 봄에는 김제의 석정 이정직이 구례를 방문하여 머물다 갔다. 이때 석정 이정직, 해학 이기, 매천 황현, 소천 왕천사 등과 같은 호남의 유력 문사들이 회합하였다. 이때에 서로 주고받은 다수의 한시가 시로 남아 전한다.

같은 해에 탁지부 대신 어윤중(魚允中)의 초청으로 토지 정책 자문역으로 임용되었다. 1896년 5월에는 내부대신 박정양(朴定陽)으로부터 모병과 군사 훈련을 담당하는 안동부주서판임관(安東府主敍判任官) 6등으로 임용되었다. 그러나 얼마 후에 그만두고 구례로 낙향하였다가 대구를 거쳐 다시 상경하였다. 1897년에 3년 만에 잠시 귀향하였다가 1899년 6월에 다시 출향하여 양지아문 총재관(量地衙門 總裁官) 이도재(李道宰)로부터 구품양지아문 양무위원(九品量地衙門 量務委員)으로 임명되어 충청도 아산(牙山)에서 토지 측량에 참여하였다.

해학의 사회적 활동이 가장 두드러진 시기는 1900년부터 죽기까지 마지막 10년이었다. 이때 해학의 계몽 활동은 전통 학문을 고수하지 않고 끊임없는 자기 혁신을 통해 자신의 개혁 사상을 개진하였다. 1900년에 양무위원을 그만두고 이후로 정부와 대신을 향하여 내정 개혁안이나 외교 정책, 택핵소 등을 통해 제출하여 정치 개혁에 나선다. 1902년에는 〈급무팔제의(急務八制議)〉를 제출하거나 〈장가(長歌)〉라는 시를 발표하여 사회적 논란을 일으키며 수난을 당하기도 하였다.

〈장가(長歌)〉

아름다운 여인이
지는 해를 바라보면서
함께 베개 베고 잔 봄 꿈은
어디로 가버렸느냐 묻는데

산닭이 울음을 그치자
올빼미 날아오르며
깃털로 자리만 더럽힌다.

이웃집은 자그만한데
어찌나 사술(詐術)이 많은지,
손바닥 위에서 삼천 명의
꼭두각시를 희롱하기도 하고.

돈 받고 아승(牙僧)을 지어서
홀연히 구름이 일어나게도 하고.
아침저녁으로
죽이고 살릴 수 있다고 입을 열면,
말발굽이 동쪽으로 몰아오며
광채가 난다.

나는 앉은 채로 아둔하고
귀가 먹어 속임수를 당하지만
남을 속이는 사람도
죄가 없다고 할 수는 없다.

오천사백 년(五千四百年) 만에
옥황상제도 늙어서
그 권위를 잃고 말았나.

복(福)·선(善)·화(禍)·음(淫)도
결국 대답이 없고,
책임 맡은 지역의 기운도
수시로 바뀐다.

바람이 서늘하고
은하수(銀河水)도 비껴 있다.
갈옷 입은 사람은
오래 기다릴 수가 없다.

쓰르라미가 하늘을 보고 웃어대지만,
평생의 열정을 후회할 줄 모른다.
세월이 어찌 그대를 위해 머무르겠는가?
잠시 사이에 모든 일이
난도질을 당한 것 같다.

올해 들어 내 병이 위독해졌는데도,
다른 사람이 집에 들면
나는 오히려 그를 위태롭다고 했다.

長歌

美人看日墮西海, 一枕春夢問安在, 鵙鴟叫罷梟飛殘, 遺毛落羽徒相洗,
隣家矮短何多詐, 掌上三千弄傀儡, 便把受藏作牙僧[3], 眼前倏忽起雲靄,
朝生暮殺輒開口, 馬蹄東來動光彩, 我坐痴聾雖見欺, 欺人不得云無罪,
但恨五千四百歲, 玉帝老矣失其宰, 福善禍淫終不應, 任地氣運隨遷改,
風靈微凉河漢斜, 葛衣未可久相待, 却有螘蛄仰天笑, 平生熱性不知悔,
日月豈曾爲爾住, 須臾萬事成葅醢, 正是當年身篤病, 他人入室吾其殆.

〈장가(長歌)〉는 7언 장시 형태로 고도의 비유와 상징으로 당대 현실을 조롱하며 비판하는 시이다. 여기에 등장하는 옥황상제는 국왕인 고종 황제로 생각되는 상징물이다. 옥황상제는 마치 판소리 〈수

---

3 아승(牙僧) : 중개상인. 오늘날 브로커의 일종.

궁가〉에 나오는 용왕처럼 우둔하고 무능하기 짝이 없다. 이외에도 '아름다운 여인[美人]', '산닭', '올빼미', '이웃집' 등은 모두 비유물이다. 정확하지는 않지만 여기에서 '올빼미'는 탐관오리를 비유하거나 '이웃집'은 세상을 속이고 농단하는 존재물이다.

시적 화자인 '나'는 그러한 현실을 벗어나지 못하고 우롱당하는 약한 존재이다. 시적 화자인 내가 보기에 현실이 이렇게 된 것은 여러 까닭이 있지만 오천사백 년 만에 이렇게 무능해진 옥황상제는 다시 없었기 때문이다. 화자는 말한다. 이제 자신과 같은 처사는 더 이상 참고 기다릴 수 없다는 것이다. 그리고 말한다. 남들은 그가 병들어 위태롭다고 하지만, 자기가 보기엔 오히려 그렇게 말하는 사람들이 더 위태롭다는 것이다.

이처럼 해학은 고도의 비유와 상징의 우언 방식으로 당대 위정자들을 조롱하고 비판하고 있다. 그런데 탐관오리나 제도에 한정하는 다른 시인과 달리, 해학은 국왕을 대상으로 비판하고 있다는 점에서 강도의 정도가 달랐다.

1903년에 해학 이기는 매천 황현에게 러일 각축으로 국운이 위태로운 상황에 놓여 있는데 산림에서 한가하게 독서나 시담(詩談)으로 있지 말라며 각성을 촉구한다. 이 말에 천하의 황매천도 반발하지 않고 받아들인다. 매천은 1905년에 창강(滄江) 김택영(金澤榮, 1850~1927)과 중국으로 망명을 시도하였지만, 실행으로 옮기지 못하였다. 그리고 1910년에 나라가 망하자 〈절명시〉를 남기고 자결로 대신하였다.

이후로 해학은 항일단체를 결성하거나 반일군중집회를 개최하여 반일 투쟁에 나섰다. 1904년에는 원세성(元世性), 송수만(宋秀萬) 등과 함께 조직했던 항일단체 보안회(保安會)가 강제로 해산되기도 하였다. 1905년 9월에는 동지 나인영(羅寅永, 1863~1916), 오기호(吳基鎬, 1863~1916), 홍필주(洪弼周, 1857~1917)와 함께 일본을 상대로 한국의 자주권 침범을 항의하는 외교를 벌이겠다고 일본으로 건너갔다. 이때 조선 병탄을 획책했던 일본 인사들과 주고받은 한시 몇 편이 남아 있다.

〈세키 쇼기치(關常吉)에게〉

동양의 최근 정세를 탄식한다.
오로지 그대가
큰 안목을 지니고 있다면
한국과 청국을 기다려서
삼국이 함께 정립(鼎立)해야 하리.
그래야
천황의 공덕이 비로소
완성될 것이다.

贈關常吉
東洋時事實堪歎, 惟有夫君大眼看, 待到韓淸成鼎峙[4], 天皇功德此時完.

해학은 동지들과 함께 일본으로 건너가서 몇몇 일본측 인사들과 만났다. 그중의 하나가 세키 쇼기치(關常吉, 1863~ ?)였다. 세키 쇼기치는 일본 큐슈의 후쿠오카 출신으로 조선 침략을 획책했던 대표적인 한 사람이었다. 이 시에서 해학은 동양 평화를 이루려면 일본이 한국, 중국과 함께 삼정(三鼎)으로 정립해야 한다고 역설한다. 그래야 일본 천황의 공덕이 이뤄진다는 것이다. 이것은 일본이 혼자 나서

---

4 정치(鼎峙) : 정립(鼎立)의 형세.

서 설치지 말라는 엄중한 경고를 하였다. 그리고 한국 침략 정책을 수립했던 인물인 마쓰무라 유노신(松村雄之進, 1852~1921)을 만나 조롱하는 한시를 남기기도 하였다.

이어서 1905년에 을사늑약이 있었고 해학의 모친이 별세하였다. 해학은 급거 귀국하여 장례를 마쳤다. 그리고 해학은 3년 상을 치르지 않고 그냥 상경하여 지방 유림의 온갖 비난을 받았다. 그러자 해학은 나라가 망하여 노예가 되면 인륜도 의미가 없다고 반박하였다.

1906년에는 본격적으로 애국계몽운동에 뛰어들었다. 정교(鄭喬, 1856~1925)의 추천으로 한성사범학교 교관으로 활동하며 교육 활동을 하였다. 장지연(張志淵, 1864~1921) 등과 함께 대한자강회(大韓自强會)를 결성하여 《대한자강회보》에 고정으로 기고하여 언론 활동을 시작하였다. 대한자활협회를 조직해서 《조양보》를 발행하며 애국계몽활동을 이어갔다.

1907년 3월에는 을사오적을 암살하기 위해 나인영, 오기호 등과 함께 자신회(自新會)라는 비밀지하단체를 조직하였다. 그러나 거사가 실패하며 평리원에 자수하여 스스로 주모자임을 밝혔다. 이것으로 해학은 7년 형을 선고받고 인천을 거쳐 진도로 압송되어 유배 생활을 하다가 특사로 7개 월만에 풀려났다. 상경 이후로는 호남학회를 조직하여 《호남학보》의 고정 필자로 활약하였다. 그리고 1908년에는 〈일부벽파론〉을 발표하여 파문을 일으켰다. 1909년 2월에는 나철과 단군교를 창립하여 민족 종교의 활동에 참여하였다. 이어서 운초(雲樵) 계연수(桂延壽, ?~1920) 등과 함께 단군을 섬기는 단학회(檀學會)를 발기하였다.

1909년 5월 25일(양력, 7월 13일)에 서울의 여사(旅舍)에서 10여 일간의 절식 끝에 자진하였다. 1968년에는 정부로부터 건국공로훈장

독립장이 추서되었다.

3. 나오면서

필자들이 번역한 해학 이기의 한시는 전문학자보다 일반 독자에 초점을 맞췄다. 한시보다는 해학선생을 소개하는 것이 먼저라고 생각하였다. 아직 해학 이기가 생소한 독자들이 많기 때문이다. 해설도 해학 선생의 삶을 대략 소개하면서 관련 한시를 곁들였다. 그리고 한시 번역도 자구를 따라 초역한 다음에 현대적 감각으로 다시 바꿨다.

다음은 해학 한시의 텍스트 문제였다. 지금까지 해학 한시 연구는 주로 1955년 국사편찬위원회에서 출간한 『해학유서』를 텍스트로 진행되었다. 그런데 근래에 『해학유서』의 저본(底本)이었던 『해학유고』가 영인본으로 나왔다. 필자들은 『해학유서』와 『해학유고』를 문헌적으로 한시 작품을 목록화하여 일일이 비교하여 검토해 보았다. 그리고 후자를 텍스트로 삼았다. 여기에 몇몇 다른 자료를 참조하였다.

두 자료를 비교해 보니, 『해학유서』에는 한시 167제 201수가, 『해학유고』에는 238제 301수가 수록되어 있었다. 『해학유고』의 한시 301수를 형태적으로 분류해보았다. 『해학유고』에 100수가 더 수록된 셈이다. 그리고 해학은 7언시가 265수로 전체 한시의 9할 정도였고, 그중에서도 7언율시가 170수로 그것의 절반 이상을 차지하고 있었다. 따라서 해학은 주로 7언시를 지었고, 그중에서도 율시를 선호한 것을 확인할 수 있었다.

중요한 것은 정확하지는 않더라도 이들 두 문헌은 해학이 살아갔던 시간적 순서에 따라 편집되어 있었다. 이들을 그의 산문 기록을 함께 참조하면 해학의 일생을 어느 정도 재구할 수 있다.[5] 해학 한시는 살아가면서 드러나지 않은 그의 내면 심리가 담겨 있다. 이것은 활동 내용이나 사상적 흐름을 드러내는 산문 기록에서 찾을 수 없는 다른 측면이다.

한편, 해학 한시는 『동시근선(東詩近選)』에도 60수가, 『유환당시초(留還堂詩抄)』에 32수가 수록되어 있었다. 하지만 이들 한시는 『해학유고』에 모두 수록되어 있었고, 일부 시제의 차이가 있었다. 이를 통해 근래에 나온 『해학유고』가 수록 작품에서 가장 많았고 정본에 가까웠다. 이 분야 연구자들도 해학 한시는 『해학유고』를 대상으로 삼아야 하지 않을까 생각한다.

5 이에 대해선 다음 저작물을 참고하기 바란다. (박종혁, 『해학 이기의 사상과 문학』, 상생출판, 2020.)

제목 색인

저자 이기(李沂, 1848~1909)

한말의 시인이자 문장가. 호는 해학(海鶴), 본관은 고성(固城). 전북 만경(현, 김제)에서 출생.

젊어서 유학을 하였고, 이후로 실학과 근대 학문을 받아들였다. 전국을 유력하였고 일제 침략에 맞서다가 구금과 유배를 당하였다. 프랑스 신부와의 종교 논쟁을 벌였고, 논설로 파문을 일으키기도 하였다. 말년에는 언론 활동을 통해 애국계몽운동을 하였다. 1909년에 서울의 객사에서 순직하였다.

역자 정양(鄭洋)

1942년 전북 김제 출생.

대한일보 조선일보 신춘문예 시 부문, 문학평론 부문 당선.

아름다운 작가상, 백석문학상, 구상문학상 등 수상.

현재 우석대 문창과 명예교수.

저역서로『판소리 더늠의 시학』(2001),『길을 잃고 싶을 때가 많았다』(2005),『백수광부의 꿈』(2009),『세월이 보이는 길』(2012),『헛디디며 헛짚으며』(2016) 등이 있다.

역자 구사회(具仕會)

1957년 전북 전주 출생.

동국대 국어국문학과와 같은 대학원 수료. 문학박사.

현재 선문대학교 국어국문학과 명예교수.

저역서로『근대계몽기 석정 이정직의 문예이론 연구』(2012),『한국 고전문학의 자료 발굴과 탐색』(2013),『한국 고전시가의 작품 발굴과 새로 읽기』(2014),『대한제국기 프랑스 공사 김만수의 세계 기행기』(공역, 2018),『한국 고전시가의 작품 발굴과 문중 교육』(2021),『한국 고전문학의 세계 인식과 전승 맥락』(2022) 등이 있다.

해학 이기의 한시

2023년 9월 13일 초판 1쇄 펴냄

지은이 李沂
옮긴이 정양·구사회
펴낸이 김흥국
펴낸곳 보고사

책임편집 이경민
표지디자인 김규범

등록 1990년 12월 13일 제6-0429호
주소 경기도 파주시 회동길 337-15 보고사
전화 031-955-9797
팩스 02-922-6990
메일 bogosabooks@naver.com
http://www.bogosabooks.co.kr

ISBN 979-11-6587-544-2 93810
ⓒ 정양·구사회, 2023

정가 30,000원